IBDP

中文Ａ課程
文學知識小辭典

Chinese A
Booklet of Basic Concepts of Literature

李萍　彭振　蘇媛　編著　　　　　　　　　　　|繁體版

視覺形象設計	靳劉高創意策略
責任編輯	尚小萌　陳思思
書籍設計	吳冠曼

書　　名	IBDP 中文 A 課程文學知識小辭典（繁體版）
	IBDP Chinese A Booklet of Basic Concepts of Literature
	(Traditional Character Version)
編　　著	李萍　彭振　蘇媛
出　　版	三聯書店（香港）有限公司
	香港北角英皇道 499 號北角工業大廈 20 樓
	Joint Publishing (H.K.) Co., Ltd.
	20/F., North Point Industrial Building,
	499 King's Road, North Point, Hong Kong
香港發行	香港聯合書刊物流有限公司
	香港新界荃灣德士古道 220-248 號 16 樓
印　　刷	美雅印刷製本有限公司
	香港九龍觀塘榮業街 6 號 4 樓 A 室
版　　次	2019 年 5 月香港第一版第一次印刷
	2022 年 1 月香港第一版第三次印刷
規　　格	大 32 開（140×210 mm）208 面
國際書號	ISBN 978-962-04-4333-6

© 2019 Joint Publishing (H.K.) Co., Ltd.

Published & Printed in Hong Kong

封面圖片 © 2019 iStockphoto LP.

內文圖片 © 2019 站酷海洛

前　言

　　1995 年夏天，離開生活和任教了十七年的中國南方知名學府廈門大學文學院合家移居香港，機緣巧合之下獲聘入職香港李寶椿聯合世界書院（Li Po Chun United World College of Hong Kong）語言系，成為當時並不為人們所認識、一點兒也不紅火的國際文憑課程大學預科項目（IBDP）的教師，一教就是二十三年。為學生們編寫這本《文學小辭典》是當年接手中文母語 A1 文學課程伊始即產生的一種強烈的想法，因為很真切地認識到 IBDP 母語文學課程在致力銜接大學課程的設計理念上，鮮明地體現出了大學基礎課程之中的寫作課、古今中外文學經典精讀課以及與之相關聯、相匹配的文學史和文藝理論基本常識這四種高校課程的融會貫通。術業有專攻，專業有說辭，《文學小辭典》對於幫助學生們得心應手地運用相關文學語言的基本定義和概念，從而使得一種純粹感性的閱讀感受可以演化成為 DP 課程所要求的考生能夠在形式多樣的評核中體現出具備理性色彩的對文學作品的鑒賞和評論，可說是日常必備之書冊。至今仍記得，辛苦趕編這本《文學小辭典》最初版本的日日夜夜，那是伴隨著當年開始學習電腦文字輸入和編輯的過程完成的。當時教務處一位非常熟練中文倉頡輸入法的秘書同事，犧牲她的大把休息時間，幫著我完成了過半的文字輸入任務。1996 年 5 月畢業的二十七位中文 A1 文學課程學生，就是這本小書的第一批使用者和受益者。

　　九十年代至今，二十多年時光荏苒，IBDP 母語課程數次重新整合與發展，親歷從無（有）到有（無），先後教授過語言 A1 文學課程、語言 A2 課程、語言 A 文學課程、語言 A 語言與文學課程。這本小書曾修訂和補充過若干次，但是在堅持循序漸進地授之以語言文學的基本理論知識，引領學生們掌握最專業貼切的評論語言，精準理解作品內涵以及歸納和賞析其內在的藝術特色等方面，對 IBDP 母語課程設定的要求不僅始終如一，而且體現得更加明確和堅定。

這本《文學小辭典》曾給過一屆又一屆面對課程挑戰的學生（和同行老師）實在的幫助，很多人戲稱它為 "IBDP 語言文學課程的《葵花寶典》"，說的正是大家在實踐中體會到掌握文學理論基本常識對保證順利完成課程研學及成功應對各項考核，均具有不容忽視的實用性和重要性。它對於我本人能創造過往二十一載所任教的 IBDP 母語班級畢業考試平均分，年年遠超世界平均分並且穩定保持在 6 分（優良）以上的佳績而言，確實是功不可沒，這是我願意與大家坦誠分享的一個成功要訣。

這次，我誠邀 IBDP 業界聲名鵲起的後起之秀，年輕有為的同行蘇媛和彭振兩位老師聯手，汲取並加入他們立意新穎的獨到想法，為大家推出再次認真篩選、增減和編寫的新版《中文 A 課程文學知識小辭典》，力求吻合新考綱的要求，體現與時俱進的時效性。希望這本小書一如既往成為大家喜愛的小小寶典！

李 萍

2018 年初夏於常熟 UWC 校園內

凡　例

（一）　本辭典是一本關於文學基礎知識的小型工具書，既可作為 IBDP 中文 A 課程學習的配套參考書，也可作為廣大文學愛好者的參考用書。其釋義對象為重要的文學基礎知識專門術語，詞條篩選力求展現文學課程的基本特點及學習需求，釋義力求通俗易懂、深入淺出。

（二）　本辭典力求“小而精”，收錄詞目近五百條，包括文學的一般學說、文學作品的構成、文學作品的體裁、大眾傳播常用術語和英文文學常用術語五部分。其中，文學的一般學說包括：基本概念、審美與鑒賞；文學作品的構成包括：創作方法、作品結構、表現手法、語言與風格；文學作品的體裁包括：詩歌、戲劇、小說、散文、其他；大眾傳播常用術語包括：語言與語境、語言與大眾傳播；英文文學常用術語包括：修辭學、敘事學、文藝心理學、文藝散論。這五部分的劃分，並未按照傳統的文學體裁分類方式，而是著眼於文學的共性，從文學的基本概念、作品的構成元素和體裁種類三個大的方面著眼，同時補充了比較常用的西方現代文藝理論主要術語以及語言與文學課程常用術語，以期滿足 IBDP 中文 A 課程師生和文學閱讀者的不同需求。

（三）　本辭典的編撰，不論詞條篩選還是體例編排，均著眼 IBDP 中文母語課程但又不囿於此，而是建基於課程教學的實際需求、課程考試的常見詞彙、課程學習中學生理解的重點和難點三方面。本辭典不僅適用於 IBDP 中文 A 文學課程、中文 A 語言與文學課程和中文 B 高級程度課程，也適用於 IBMYP 語言與文學課程，還兼顧了 IBDP 英文 A 課程的學習需要。普通初高中語文課程學習者可以參考本書，而一般的文學愛好者也可藉助本書查詢了解常見的文學知識和基本概念術語。

四　本辭典的特色在於：

1. 詞條收錄具普適性。本辭典除了主要收錄文學概念和術語外，在辭典第四部分的"大眾傳播常用術語"中，還特別收錄了與語言課程密切相關的各類非文學文本概念以及語境、受眾、傳播等課程核心概念，能同時滿足 IB 文學課程和語言與文學課程的不同學習需求。

2. 詞條收錄具前瞻性，呈現方式多樣。考慮到近年來修讀 IBDP 中文 A 課程的同學許多也修讀了英文 A 課程，且人數逐年增加，其對於英文重要文學術語的學習需求不斷增長，本辭典設計了"英文文學常用術語"的專門板塊，還配有示例，更有利於讀者理解此類翻譯過來的文學術語。

3. 體例編排合理。根據 IB 文學課程特點，編排時主要根據不同文體類型的文學共性進行排列，並針對 IB 課程考核中最常見的結構、技巧、語言、風格等概念，進行了相關詞條的重點彙編整理，使整體體例更貼近課程學習需要。

4. 附錄高頻詞表實用。提供了附錄"IBDP 中文 A 課程高頻重點術語及關鍵詞列表"，高頻詞主要根據 IBDP 文學課程及語言與文學課程歷年真題中出現頻次較高的詞彙篩選而來，同時彙集了編者根據多年教學實踐總結出的重點術語，分為"常見主題類別和主題高頻詞彙""文學技巧高頻詞彙"與"文學評論常用動詞"三類，富針對性、實用性和指導性，對於教師制訂教學計劃和確定教學重點，對於學生理解作品、撰寫文學評論和進行文學研究，均有重要的指導意義。

（五）　為方便檢索，本辭典提供"類別索引""音序索引"和"筆畫索引"，其中"音序索引"加注了台灣注音符號，以便最大程度上滿足使用者的需求。

目　錄

類別索引

第二部分
文學作品的構成

一、創作方法

二、作品結構

四、語言與風格

第三部分
文學作品的體裁

一、詩歌

二、戲劇

三、小說

第四部分
大眾傳播常用術語

一、語言與語境

二、語言與大眾傳播

第五部分
英文文學常用術語

一、修辭學

二、敘事學

音序索引

X（ㄒ）

筆畫索引 *

---

* "阝" 按 3 畫計，"辶" 按 4 畫計，"艹" 按 4 畫計。

第一部分　文學的一般學說

【文學】 藝術種類之一。以語言為手段塑造形象的藝術,即語言藝術,它可以充分而多方面地反映社會生活。不同於繪畫、雕塑和戲劇等直觀形象藝術,文學的形象具有間接性。作家運用語言材料使頭腦中的形象固定並表達出來,讀者則通過對作品字詞句含義的理解而再現並領會作家創造的形象。

【文學的審美特徵】 藝術形象能夠給人以美的感受的審美特徵,是文學藝術的根本特徵。它是作家基於審美目的,按照美的規律創造出來的。藝術美不僅反映著客觀現實的審美價值和屬性,也表現著作家的審美情感、觀點和理想。藝術對醜的描繪也是經過作家審美評價的,旨在揭露和批判。藝術美不僅能傳達創造主體的審美經驗,也能夠滿足欣賞主體的審美需要,激發人們的審美情感。

【文學作品的內容】 反映到文學作品中的,滲透著作家某種認識和評價的那一部分社會生活。構成作品的要素主要有:題材、主題、人物、景物、環境、情節、場面、衝突等等。文學作品的內容不只是一定客觀現實生活的再現,它還包含著作家對客觀現實生活所蘊含的某些本質方面的認識與評價。作品內容包括經過作家選取、提煉的社會現實生活現象(即客觀方面)和作家對其所描寫現實生活的認識與評價(即主觀方面),是被反映在作品中的客觀生活現象與作家對它的主觀評價的有機統一體。它與文學作品的描寫對象（社會生活）不是同一概念，不可混淆。

【文學作品的形式】 文學作品內容的組織構造或者存在方式。作品內容存在的方式，包括結構、語言、表現手段、體裁等要素。只有當它們被作者用來表現一定的思想內容，並塑造出特定的藝術形象時，才成為作品形式的組成部分。內容決定形式，文學作品的內容一經孕育成熟，就要求有與之相適應的形式來加以表現。形式為表現內容服務，但形式也有其相對獨立性和自身繼承性，並反作用於內容，影響內容。

【傾向性】 通過藝術形象所表現出來的作家對現實生活及發展趨向的態度和評價。文學作品的傾向性是作家的立場和思想在作品中的體現，也即作者在現實生活中的愛恨態度、是非觀點。不同作家觀察生活、選擇創作題材、提煉主題、塑造人物形象等等，其中都表現著特定的傾向性。其內涵極其豐富，包括生活準則、處世哲學、倫理道德、文化觀念、審美理想等方面的態度，當然其中也包括階級的、政治的立場觀點。

【思想性】 文學作品所描繪的形象中體現出來的思想意義。作品的思想性由作品反映的社會生活現象所包含的客觀意義和作家對生活的評價兩部分構成。它取決於作家世界觀的進步性、思想水平的高度和對社會生活認識的深度。思想並非只有政治思想，還有哲學思想、宗教思想、倫理道德思想等等。文學作品的思想性常通過對人物的具體描寫、情節的敘述、細節的刻畫以及環境的描繪等方式表現。

【藝術性】 文學作品通過形象反映生活、表現思想感情所達到的形式、結構、表現技巧上的完美程度。藝術性是就整個作品的審美特徵而言的，它包括所描寫的現實生活的真實感，表達思想感情的準確、鮮明、生動程度，作品的結構、形式和表現技巧的熟練程度及新穎性。藝術形象愈鮮明、生動和深刻，藝術形式、表現手段愈完美及富有創造性，就愈能表現作品的主題思想，藝術感染力也愈強。作品的藝術性和思想性是密切聯繫的，兩者相互依存又相互制約，但也有相對的獨立性。凡優秀的作品，一般來說其思想性高，藝術性也高，兩者是統一的。

【真實性】 文學作品通過藝術形象反映社會生活所達到的正確程度。只有當作家的立場、觀點與社會發展的趨勢相一致並具有相當的認知能力和較高的表現能力時，才能很好地認識和反映社會生活，亦即揭示出社會現象的本質意義。因此文學的真實性與作家的創作指導思想及熟悉社會生活的程度相關聯。文學藝術的真實不等於生活中真實的人和事，文藝作品中反映出來的生活應該比普通的實際生活更高、更強烈、更集中、更典型、更理想，從而更具有真實性和感染力。

【藝術真實】 文藝創作和鑒賞、評價中必須了解的重要術語，與“生活真實”相對稱。兩者的關係是：生活真實是創作的源泉，但藝術真實不是某種生活真實的膚淺、片面、照相式的復現。藝術真實是運用藝術概括的方法，對某種同類生活現象進行提煉和概括；運用藝術虛構的方法，將這些零星、分散的生活現象集中起來，創造出比生活現象的原始形態更典型、更集中、更強烈、更能反映生活本質的形象來。作者總是按照自己對生活的理解描寫生活。一部作品能夠通過藝術形象深刻表現出社會生活的內在本質聯繫、揭示生活的真實，就達到了藝術真實。

【獨創性】 一位作家或一部作品不同於其他作家作品的獨特之處和創新之處。它由文學創作的獨特性決定，文學創作貴在獨創。構成獨創性的基本因素是新的內容，從作品的題材、主題，到人物、事件、場面、細節等等，都可以顯示出獨創性。獨創性能夠顯示出作家在感受生活、理解生活和表現生活上與眾不同的個性特點，可以反映在審美理想和審美趣味，形象塑造和意蘊提煉，藝術表現和形式創造等不同方面。

【文學的認識作用】 文學作品的社會功能之一。文學作品是對社會生活能動的反映，它運用形象的方式，真實地再現自然和社會生活中的各種場景，反映一定歷史時期的政治、經濟、文化和社會風俗，某些不同社會群體的精神風貌、內心世界以及他們的各種現實關係，使讀者獲得關於歷史和現實、社會與人生的種種認識。文學作品可以幫助人們認識不同時代、社會、民族的歷史和現實，可以開拓人們的視野，增加人們的生活知識，提高人們觀察和認識生活的能力。

【文學的教育作用】 文學作品的社會功能之一。作家在反映社會生活時，會有意無意地表現出自己對生活的評價，以自己的審美理想和人生經驗去影響讀者，並藉助作品內容指出什麼是真善美、什麼是假醜惡，哪些值得肯定和讚美、哪些應該反對和批判，這就使文學作品具有教育作用。文學作品的教育作用在於通過作品提高人們的思想認識水平和鑒別判斷能力，並使讀者的心靈得到陶冶、精神得到淨化。

【文學的審美作用】 文學作品的社會功能之一。指文學作品能使人們精神上感到愉悅，獲得美的享受，滿足審美的需要。其特點是能激發人的情感，給人以熏陶感染，使人對美好崇高的事物產生讚美、喜愛、同情之情，而對醜惡腐朽的事物產生憎惡、鄙視之情，從而使人們在精神上得到特殊享受。文學作品的認識和教育作用寓於審美作用之中，審美作用是認識和教育作用的前提。

【現實主義】 一種按照現實生活本來面貌反映現實，通過塑造典型形象來揭示生活本質和社會矛盾的創作方法。其特徵有：（1）真實、具體地再現生活。（2）運用典型化的方法，塑造典型環境中的典型人物。（3）通過藝術描寫的真實性來表現作品的思想傾向。此外，現實主義也可以指文藝史上的一個藝術流派，又稱寫實主義，它是重視客觀現實，著力於描寫社會生活本來面貌的流派。

【浪漫主義】 一種力圖按人們所希望、所幻想，以生活所可能有的樣子去反映生活的創作方法。運用浪漫主義方法進行創作，同現實主義一樣，要從實際生活出發，因而同樣能反映生活本質或本質的某些方面。其特徵有：（1）以作家理想中的世界作為表現對象，抒發出強烈、鮮明的個人感情。（2）喜歡運用誇張、對比的手法，通過曲折離奇的情節來創造具有神奇色彩的藝術形象。（3）著力於謳歌大自然，用大自然的美來反襯社會的醜惡。作為一種文藝思潮和流派，浪漫主義產生於十八世紀末十九世紀初，其產生與社會矛盾的尖銳化和社會進步勢力的反抗聯繫在一起。一般可分為積極浪漫主義和消極浪漫主義兩派，前者以渴望鬥爭、面向未來、崇尚自由解放為特徵，後者以美化中世紀封建宗法社會、鼓吹逃避現實為特徵。

【自然主義】　作為創作方法，它主張運用生理學、遺傳學、臨床病理學和解剖學等原理去表現人的生物本能，重視對現實生活中個別的瑣碎現象的描寫，追求事物外在的真實，不重視對生活現象進行典型化的概括和描寫。該種方法由於不重視典型化，所以不能反映生活本質。作為一種文藝思潮和流派，它形成於十九世紀六十年代的法國，以左拉和龔古爾兄弟為代表。

【古典主義】　十七世紀末到十八世紀前半葉歐洲文學藝術創作的一個流派，法國劇作家莫里哀是此流派的傑出代表。古典主義創作方法的產生同確立封建專制制度時期的宮廷貴族文化有關係。其主要特徵是以古希臘、古羅馬時期文學藝術創作作為樣板，肯定統一的國家、愛國主義、社會義務、全民族利益等思想，創造為崇高目標放棄個人利益的典型人物，在一定程度上表現了現實主義傾向。

【現代主義】　又稱現代派，十九世紀末期出現，一戰後開始盛行的各種思潮和流派的總稱。其中較大的流派包括象徵主義、印象主義、達達主義、表現主義、超現實主義、意識流、存在主義、迷惘的一代、黑色幽默等等。其共同傾向是以表現危機社會中異化的人為中心，描寫陰暗、混亂、荒謬的社會現實，抒寫這種社會中人的危機感、孤獨感、空虛感、幻滅感、絕望感等等，藝術上重主觀表現，輕客觀再現，多用象徵暗示、夢幻手法、意識流技巧、超現實手法等。

二、審美與鑒賞

【文學鑒賞】 讀者在閱讀文學作品時，以語言為媒介，通過對作品語言的理解來感受和體驗文學形象，探尋文學意象的意蘊，從而獲得審美享受的一種藝術思維活動。由於語言藝術形象的間接性，在感受和體驗文學形象時，讀者需要主動通過聯想、想象等方式進行藝術的再創造。人們在鑒賞中的思維活動和感情活動一般都從藝術形象的具體感受出發，實現由感性階段到理性階段的認識飛躍，既受到作品形象、內容的制約，又需根據自己的階級立場、生活經驗、藝術觀點和藝術興趣對形象加以補充和豐富。人們由於生活習慣、經歷以及藝術修養、藝術感受能力的不同，在鑒賞上也常出現差異，有不盡相同的感受和評價。

【審美】 一種對美醜所給予的評價態度。通常指在主客觀的情境中，對事物或藝術品的美的一種領會。審美是在理智與情感、主觀與客觀上認識、理解、感知和評判世界上的存在。審美意識是客觀存在的審美對象在審美主體頭腦中引起的能動的反映與反應，包括審美活動的各方面。與審美活動相關的重要概念還有審美主體、審美客體、審美價值、審美標準、審美趣味、審美態度等等。審美主體是處於審美活動中的人。審美客體是相對於審美主體而言的，是具有審美屬性、能引起人的審美情感，使人獲得審美享受的可供關照的具體對象。審美價值則是審美客體本身所具有的能引起人們美感的屬性。審美標準是衡量、評價對象審美價值的相對固定的尺度。審美趣味是主體在審美活動中所表現出的對審美對象的某種特有的興趣和偏好。文學藝術作品最集中地體現著審美的價值。

【張力】 本為物理學名詞，指物體受到兩個相反方向的拉力作用時所產生於其內部而垂直於兩個部分接觸面上的互相牽引力。文學理論中的"張力"一詞源於英美新批評派理論家艾倫‧退特，原本用來形容詩歌的價值和意義，指詩歌中的各種矛盾對立現象，後被廣泛用於包括語言、結構、角色、情節等等在內的文學的各個層面的研究。文學張力指的是在文學活動中，當至少兩種似乎不相容的文學元素構成新的統一體時，各方並不消除對立關係，且在對立狀態中互相抗衡、衝擊、比較、襯映，使讀者的思維不斷在各極中往返、游移，在多重觀念的影響下產生的立體感受。它可以從語言、意象、意境、敘事、角色等方面生成，凡存在著對立而又相互聯繫的力量、衝動或意義的地方，都可能存在張力。簡單地說，文學張力具有平衡態中包含不平衡態的特點，是多種因素尤其是相互矛盾因素的組合和相互作用力。

【共鳴】 藝術欣賞過程中的一種心理現象，指欣賞者的思想或感情同作品所要傳達的思想感情相通或相似，又指不同時代、地域或階層的人們在欣賞同一部作品時所產生的相同或相似的思想感情。作品缺乏藝術感染力或欣賞者缺乏藝術鑒賞力，都不能引起共鳴。共鳴有程度與範圍的差別，既有與作品部分的共鳴，也有與作品整體的共鳴，既有某種情感類似、經歷相近、認識相通的共鳴，也有感知、情感、認識契合的共鳴。

【語感】 文學欣賞中欣賞者對於文學語言意蘊的感受力、理解力以及對特殊語言環境中具體詞語的意味、含義的領會能力。它是欣賞者欣賞文學作品必須具備的基本能力。要培養語感，除了語言學習外，還需要在欣賞實踐和生活實踐中有意識地多方面長期積累。

【揣摩】 文學欣賞中，欣賞者為了達到對作品特殊意蘊的領會而對其進行的反覆探索和思考。文學欣賞時，不能滿足於作品詞句字面意思的理解，要通過反覆揣摩，力求領會詞句中蘊含的言外之意、意外之象，體味語言中寄寓的微妙情感，從而領略到作家在作品中通過語言的運用所表現出的藝術獨創性。

【品評】 藝術欣賞過程中，欣賞者在對作品全面感受體驗的基礎上所作出的品鑒和評價。它是主體對客體有了深刻感性認識後，通過反覆揣摩玩味作出的理性判斷。這種理性判斷綜合著欣賞者對作品的全部感受和體驗，也包含著欣賞者豐富的感性經驗。

【感受】 藝術欣賞的初級階段，也是各類藝術欣賞的起點，指欣賞主體通過審美感官對客體形象從局部到整體的全面感知。藝術感受力的培養是提高欣賞能力的基礎。

【領會】 藝術欣賞中，主體對於作品中形象特徵、美學價值和思想內涵的理解和接受，是主體在對形象逐步感受的基礎上，通過自發運用自己的生活經驗和知識儲備去理解藝術形象，進而獲得對作品形象的全面認識。藝術欣賞中，感受和領會往往相互聯繫、相互促進，主體對於形象的感受是領會形象意蘊的基礎。

【體驗】 藝術欣賞中，欣賞者由對客體形象的感知而逐漸獲得對於作品蘊藏的情感和藝術氛圍感同身受的體會。它是欣賞者通過反覆玩味作出相應審美判斷的基礎，是欣賞者感受、聯想、想象等一系列積極心理反應的一種心理活動形式。對作品體驗深入的程度，既取決於客體提供內容的豐富性，也取決於主體本身的感受力和理解力。

【陶醉】　藝術欣賞中，主體隨著對客體形象的感和體驗不斷深入，逐漸沉浸於客體所創造的藝術世界而出現的一種忘我境界。

【快感】　快感不同於美感，它是由對象引起的一種感官上的快意和生理上的舒暢感受。在藝術欣賞中，生理快感並非都能引起美感，但它卻常伴隨美感，給美感的產生、加強或減弱以積極的影響。

【審美聯想】　具有審美功能的聯想。是藝術創造與欣賞的重要心理活動。和非審美聯想一樣，審美聯想也是由此一事物想到彼一事物的心理推移過程，也可以表現為接近聯想、類似聯想、對比聯想、因果聯想等等多種形式。不同之處在於，審美聯想是以審美情感作為由此及彼的內驅力，並在此驅動推移的過程中創造出美感的意象。以實用為目的的日常經驗聯想和以認知為目的的邏輯聯想不是審美聯想。在藝術創造中，審美聯想多表現為比喻、對比、反襯等多種藝術手法的運用。在藝術欣賞中，審美聯想受到藝術形象的規範和制約，服從於藝術形象提示的方向。

【心理想象】　進入到作品中人物內心世界的一種由表及裏的想象。它是從作品的規定情境出發，在人物關係和活動中，把握作品中人物的語言、動作、姿態和表情的外在特徵，理解這些外在特徵在各種藝術中特有的表現方式，進而調動自己的情緒和記憶，設身處地地進入人物內心世界，探索人物心理活動的軌跡，揣摩和體會人物的情感，為欣賞進入共鳴提供必要條件。

【審美評價】 主體從審美的角度，就藝術作品反映生活的真實性、揭示生活意蘊的普遍性、藝術表現的獨創性等方面對審美對象作出的一種理性判斷。審美評價不同於單純的社會評價和道德評價，但又與社會、倫理評價等非審美評價相互聯繫。

【藝術通感】 藝術創作或藝術欣賞中，主體的各種感官（包括視覺、聽覺、味覺、嗅覺、觸覺等）相互溝通而產生某種相似或相同感受的心理現象。比如聲音似乎會有形象、顏色似乎會有溫度等。藝術通感可以幫助欣賞者加深和豐富對客體形象的感受，進而獲得多方面的真切體驗。

【悲劇感】 人們在悲劇藝術的欣賞中獲得的美感。它通常伴隨著悲痛、同情、驚恐、激憤等情感反應，使人獲得心靈的淨化和精神的昇華，進而產生特殊的精神愉悅。由於悲劇藝術作品在表現美與醜、善與惡的尖銳矛盾衝突中，常常以代表正義和美好的主人公的受難、失敗甚至毀滅為結局，因此它在使人悲憫、驚懼的同時，往往給人以強烈的心靈震撼。同時，由於悲劇一般都在艱苦鬥爭的環境中展示，著眼於揭示對美好、正義的歌頌和對立是必然趨勢，因而能使欣賞者在悲劇形象的觀照中獲得一種心靈和情感的淨化與精神的振奮。

【喜劇感】 與“悲劇感”對應的美感形態，側重展示喜劇性，指在真善美與假醜惡的對立中，當假醜惡受到無情嘲弄時產生的強烈的精神愉悅感。笑是喜劇感的集中表現形式。它源自客體對於舊事物、舊勢力及生活中其他否定現象的無情揭露和嘲諷。

【因聲求氣】 清代桐城派所提倡的一種學習和欣賞古代散文的方法。它強調古代散文的音律美，提出了一種從聲入情、從形式進入內容的具體欣賞途徑。這種方法要求對作品進行反覆誦讀，從長短相間、錯綜變化的句式和高下緩急的聲音中感受文章的節奏和氣勢，進而從這種對節奏和氣勢的把握中領會作品所要傳遞的情意、展現的風貌。

【聽聲類形】 藝術欣賞中的一種通感現象。漢代馬融《長笛賦》中寫道：“爾乃聽聲類形，狀似流水，又象飛鴻。”欣賞者聽覺與視覺互通，聽覺形象轉化為視覺形象，進而使欣賞者腦海中出現視聽兼備的複合形象。它與日常經驗的通感多有相似，但又是多種心理要素綜合協調作用的結果。其“聲”喚起“形”，比如笛聲喚起流水之狀、飛鴻之形，或者欣賞者的形象記憶與情緒記憶。但笛聲與流水、飛鴻這三種全然不同的形象能相通，卻又不能只靠記憶，還需要以對這三類現象或形象的節奏韻律相似的理解來作出感知經驗的概括。

【知人論世】 孟子提出的文藝批評原則，語出《孟子·萬章下》。指批評家在評論藝術作品時必須了解作者的身世、經歷、思想狀況和創作動機，聯繫作者所生活的時代去考察作品的內容。它要求把作品與作家及其所處時代和各方面情況聯繫起來進行分析評價。

【以意逆志】 孟子提出的文藝批評方法，語出《孟子·萬章上》。指欣賞和評論文藝作品時，不應拘泥於個別字句的表面意義去解釋作品、曲解作品中心意旨，而應仔細體會作者的創作意圖、了解作品的真實含義。它反對斷章取義、咬文嚼字和主觀臆測的文藝批評方法。

第二部分　文學作品的構成

一、創作方法

二、作品結構

三、表現手法

四、語言與風格

一、創作方法

【創作方法】 指作家、藝術家創作時所遵循的反映現實和表現現實的基本原則及方法。在藝術創作的過程中,作家、藝術家根據自己對現實生活的觀察和認識,憑藉自己所接受的藝術傳統和個人的藝術修養,採取一定的創作方法,進行藝術形象的塑造。作家、藝術家採取哪種創作方法,受其世界觀所制約,又受到其生活實踐和藝術修養的影響,各有不同的特點。

【創作動機】 激勵作家、藝術家創作文藝作品的意願,是創作活動的內在推動力。可以由對文藝創作的興趣和愛好引起,也可以由感受或意識到的社會利益引起。

【創作靈感】 文藝創作過程中的一種心理現象,是作家、藝術家藝術創作過程中瞬間產生的富有創造性的突發性思維狀態。它具有偶然性、爆發性和創造性。靈感雖難以捉摸,但並不神秘,它源自長期的生活積累和緊張的藝術構思活動。

【素材】 作家從社會生活中攝取的,尚未經過藝術加工和提煉的原始材料,包括人物、事件、場景、語言等等。它是題材的基礎,通常具有較大的零散性和片段性,是純客觀範疇的生活現象。素材一般分為直接素材和間接素材兩種,前者來源於作家直接經歷過的或者親眼見過的人和事,後者指作家從其他人那裏獲知或者藉助某些文字資料了解到的人和事。

【題材】 文藝作品中所敘述、描寫的一組生活現象或事件。它由作家根據創作意圖攝取生活素材，加以選擇、提煉、加工而成，是體現主題思想、構成作品內容的要素之一。不同於素材是純客觀範疇的自然形態，題材是既包含客觀因素也包含作家主觀因素的社會生活。小說題材包含人物、事件、環境三方面的因素。題材的選擇取決於作家的生活實踐，並受其階級立場和美學理想的制約。題材有時也泛指作品所描寫的社會生活的性質和範圍，如工業題材、農業題材、現代題材、歷史題材等。

【選材】 從素材中選擇、提煉題材的過程。作家創作一部作品，沒必要也不可能把自己知曉和熟悉的生活全部羅列出來，必然有所選擇和取捨。積累素材以多為好，選擇素材則以嚴為佳。選材應該根據主題需要著力去發現新穎、生動、有特點的東西，避免一般化和類同化，力求典型。

【藝術概括】 文藝創作的一種基本方法，指作者在一定世界觀的指導下，把同類人身上那種本質的特徵集中起來，通過想象融合在一個藝術形象的身上，使該形象更加完整、鮮明，更具有代表性。

【藝術形象】 作品中所描繪的具體、生動的人物、形象，以及有關的生活畫面。它應當既保持了生活的具體可感性，使讀者如臨其境、如見其人、如聞其聲；另一方面又是經過作家藝術加工的產品，包含著一定的思想感情、觀點和態度，具有一定的思想傾向性。運用的手段不同，出現的藝術形象的特點就不同。文學作品的形象是以語言為手段來塑造的。文學作品中的藝術形象主要是人物形象和有關的生活情景的形象。

【藝術虛構】 塑造藝術形象的基本手段。它是以生活經驗為基礎，憑藉藝術想象來進行的一種合乎生活發展規律和人物性格邏輯的意象的重新組合，是思想在形象中的體現。一般說來，沒有虛構就沒有文學作品的產生。文藝反映生活，需通過典型化的途徑，對生活素材進行集中概括，並運用豐富的想象，補充人物、事件中不足的和沒有發現的環節，以構成情節、塑造形象。前蘇聯作家高爾基指出"藝術創作永遠是一種'虛構'"。但虛構不是憑空臆造。作家的豐富想象力必須建立在扎實的生活根基上，同時還需有正確的審美觀作指導，才能使藝術的虛構獲得真實的生命。

【藝術構思】 作家、藝術家創作過程中一系列思維活動的總稱，是文藝創作的中心環節。它包括從生活素材中選取、提煉主題，從題材中挖掘、醞釀主題，根據主題塑造人物、選擇景物、確定結構佈局、探索表現手法等等。藝術構思的過程也是典型化的過程，它是將分散的、零散的、粗糙的、不完整的生活素材在頭腦中加工改造成為具有一定審美價值的完整藝術形象的過程。藝術構思既受到一定世界觀、審美觀的支配，又受到所採用的藝術樣式的特殊規律的制約。

【藝術聯想】 作家、藝術家在創作中由一件事情想到另一件事情的心理過程。可以是由當前某件事物觸發想起相關的另一件事物，也可以是由想到的某一事物激發而再想到另一事物。它總是服務於創作的需要和動機，具有一定的指向性。根據聯想的事物之間不同的關係，可分為接近聯想、類似聯想、對比聯想和關係聯想。接近聯想是對空間上或時間上接近的事物的聯想，這兩類又可稱為空間聯想和時間聯想，它們常交織在一起。類似聯想是對在性質上或形態上有某些相似之處的事物的聯想，很多比喻和象徵即是藉助於這類聯想。對比聯想則是對性質或特點相反的事物的聯想。關係聯想是對具有其他關係的事物的聯想，如因果關係的聯想、部分與整體關係的聯想等等。

【形象思維】 作家、藝術家創作文藝作品的主要藝術方式和心理活動，是想象、情感、理解、感知等多種心理因素和功能的有機統一。其特徵在於思維始終不脫離形象，創造性的想象起突出作用，始終伴隨強烈的情感波動。它以豐富的生活經驗為基礎，受作家世界觀的指導，與抽象思維彼此交織。

【抽象思維】 人們在認識客觀事物的過程中，藉助概念、判斷、推理等的一種思考過程。它也從感性認識出發，但必須捨棄客觀事物的個別、表象和偶然方面，藉助科學的抽象，揭示出本質規律，上升到理性認識，形成一定的理論。

【形象化】 文學藝術反映社會生活、表達思想情感所採用的一種方法。不同於科學的論證、推理等方式，它以塑造具體直觀、鮮明生動的藝術形象為目標。

【生活化】 相對於“概念化”而言，指在文學創作中堅持從生活出發，按照生活的本來面目真實地反映生活，使作品像生活一樣豐富多彩、錯綜複雜，具有濃厚的生活氣息和情趣。生活化也不等於完全照搬生活，它常常需要和典型化一起運用。

【概念化】 相對於"生活化"而言，是文學創作中的一種不良傾向。它不從生活出發而從概念出發，不是根據典型化原則創造出一般與特殊、共性與個性相統一的藝術形象，而是用抽象的説教代替生動的藝術形象塑造，或者是用乾癟的形象去詮釋概念。概念化往往導致"千人一面，千部一腔"的公式化，二者互為因果。公式化是概念化的一種表現，即把豐富多彩的社會生活和千差萬別的人物性格簡單化，用某個固定不變的創作模式去組織情節、安排結構、表現人物。而臉譜化則是人物刻畫公式化的一種比喻。

【類型化】 塑造人物形象的一種方法。以追求和表現事物性質的普遍觀念為目標，以觀念的直接呈現為手段，排斥個性特徵，使人物形象顯得單一化、概念化。

【典型化】 藝術創作的基本方法，創造典型形象的過程。它是文學創作的基本規律，要求從感性現象出發，通過對某些偶然、獨特的現象與事件的描寫，表現出豐富的生活真理，揭示出生活發展的規律。其意義在於使文藝作品所反映的生活比普通實際的生活更強烈、更集中，更有普遍性和代表性。其方法多種多樣，就小説創作中塑造人物而言，有在原型基礎上的豐富、改造和不要原型而雜取種種人的拼湊方法等。

【個性化】 文學藝術創作中，塑造具有鮮明生動的人物個性特徵的方法，也指作者塑造典型人物時，對其個性特徵的描繪所達到的鮮明、生動的程度。個性化和概括化是典型化中不可分割的兩個方面。典型人物的本質特徵必須通過具體鮮明的個性才能體現出來，而典型人物的個性特徵又是受具體的時代、社會所制約的。因此只有把人物放在特定的時代、社會環境中，著力描寫其特有的思想、行為、習慣等個性特徵，才能達到個性與共性的統一，表現出其所屬時代、階層的某些本質方面。

【民族化】　在文藝批評上，在作品內容和形式的統一中所體現的民族特色，稱為民族風格。在創作上，作家運用民族形式，反映本民族的社會生活、風俗習慣及性格特點，充分體現民族精神，使文學作品以自己的民族特點區別於其他民族文藝，稱為文藝的民族化。文藝的民族風格決定於各民族所特有的物質生活方式和精神生活方式，是一定的民族生活特點和民族文化傳統在文藝創作中的具體表現。文藝的民族化，要求作家不僅要長期地深入群眾生活，深刻地了解自己民族的風土人情、生活習俗和民族心理特點、審美理想，還需要掌握本民族的文化傳統。文藝的民族化是在民族長期的歷史發展中逐步形成的，是一個民族的文藝達到成熟的主要標誌之一。

【人物】　文藝作品中所描繪的人物形象，是作品內容的重要構成因素，是構成形象的主體。敘事性文學作品以人物的全部活動為中心來反映現實生活，作品的優劣高下也主要看其對人物及其相互關係揭示的深刻程度。

【生活原型】　作家、藝術家在進行藝術創作時所依據的、在現實生活中具有代表意義的真實人物和事件。它往往因為在某方面具有獨特性而引起作家、藝術家注意，觸發其創作的靈感和情感的火花。作家、藝術家對生活原型加以藝術地提煉和強化，並生動地再現出來，即使之成為藝術形象。

【典型人物】 又稱典型形象、典型性格。指作家根據實際生活，在一定世界觀的指導下，運用典型化的方法創造出來的，既深刻地概括了一定時代、民族、階級、階層、社會集團的本質特徵或本質的某些方面，又體現著作家的生活理想和審美評價，具有鮮明突出的個性特徵的人物形象。

【主人公】 一般指文藝作品中集中描繪、刻畫的主要人物，有時也稱為主角。它是作品矛盾衝突的主體，是作品某些情節展開、其他人物出現和活動的軸心。一般說來，每部作品至少有一個主人公。作品中主人公的多寡視其反映的生活內容而定。小說中主人公性格的形成和發展直接體現作品的主題思想。

【正面人物】 指作品中所肯定的人物，是作者謳歌或同情的對象。正面人物中包括能夠集中體現一定政治理想的英雄人物。在正面人物身上體現著作者的理想和願望。每個時代、每個階級的作者往往在自己的作品中塑造自己讚賞的正面人物，至於作者肯定和讚賞什麼樣的人物、是否正確，乃是受其世界觀、審美觀等因素制約的。

【反面人物】 指作品中所否定的人物，是作者著力鞭撻的對象。至於作者否定什麼樣的人、是否正確，亦是受其世界觀、審美觀等因素制約的。在小說中反面人物通常是與正面人物相對而言的。作品中並非一定要出現反面人物和正面人物，同時亦不必簡單硬性地加以歸類。

【中間人物】 指小說中作者基本上肯定和同情的，處於中間狀態的人物。這種人物身上有某種正面素質，但在性格和思想上又有種種缺點和不足，他們處於矛盾複雜的精神狀態中。提出這一概念的目的是反對創作中把人物簡單化、公式化的傾向。好的中間人物的塑造，更能反映出社會生活本身的複雜性和矛盾性。

【人物性格】 文學作品中所描寫的人物獨有的思想、感情、品格、氣質、行為、習慣等多方面的特徵，又叫人物性格特徵。它由一定的時代、階層以及社會生活的本質制約形成，不同於日常生活中人的脾性、性格等等。它應當既有典型性，同時又有個人的特徵。

【立意】 立意是確定作品的思想、主題。立意產生在寫作之前。各種樣式的文學作品創作，均講究立意的新穎、獨到、深刻。它包括全文的思想內容，作者的構思設想、寫作意圖及動機等，其概念內涵要比主題寬泛。主題沒有立意的全部特徵，立意包含主題思想。作品的選材、構思、形象確定等均受到立意的影響。有時，立意可以包含多重主題，如長篇小說之類的大型作品。立意的高低或好壞關係著作品的好壞。

【主題】 指作品通過塑造藝術形象和描繪生活圖景所表現出來的主要思想，所以又稱主題思想。主題來源於生活，是作者對一定歷史時期社會生活的觀察、體驗、研究和剖析，同時也表現了作者對這些生活現象的審美認識和評價。主題具有階級和時代的特色。它既是組織作品各方面內容使之成為有機整體的核心，又是決定作品思想性的主要因素。主題的正確性、深刻性和獨創性，是文藝審美評價的基本要求。在某些小說中除了主題，還有副主題，或多主題。

【多主題】 同一部作品並存有兩個以上的主題。在那些篇幅長、內容豐富的巨著中，由於所反映的生活廣闊，涉及的人物與事件多而複雜，作者滲透在作品中的思想感情也必然是多方面的，因此作品顯示出多方面的意義，作品出現多主題。在多主題的作品中，往往有一個處於主導地位並貫穿於作品的全部內容之中，為其他次要主題之核心者，稱為正主題；而相對於正主題而言的次要主題，則稱為副主題。副主題在作品中受正主題的制約，並以正主題為核心而展開，從各個側面為突出和深化正主題服務。

【背景】 通常指文學作品中人物活動和事件發生、發展的時間、地點和條件，包括社會環境和自然環境等。有時也指某一作品產生的時代社會矛盾的總形勢，又稱時代背景、歷史背景。小說作品中人物生活其間的具體環境稱為小環境，人物生活的時代條件稱為大環境。小環境與大環境的統一，是塑造典型環境的必要條件。

【環境】 文學作品中圍繞人物並促使人物行動的整個外部世界，可分為自然環境和社會環境，也可分為人物生活於其中的具體環境和作品所反映的整個時代社會環境。人物性格總是在一定的環境中形成的。

【自然環境】 文學作品中的自然環境指一定地方、一定範圍內的風景氣候、自然條件，包括山川河流、森林原野、花鳥蟲獸、季節變化、風霜雨雪等。它由一系列與人物活動、事件發生有關的自然景物組成，為人物思想性格的形成、發展和演變提供表現的條件和襯托的依據，為故事情節的展開提供廣闊的空間。

【社會環境】 文學作品中的社會環境由人物的社會活動和社會關係組成，包括一定歷史時期的社會制度、政治結構、經濟形態、文化狀態、風俗禮儀等。它是人物性格形成和事件發生的土壤，可以交代人物活動、事件發生的時間、地點、條件、背景，是構成環境描寫的主要方面。

【典型環境】 指文藝作品中典型人物所生活的、形成其性格並驅使其行動的特定環境，是一定歷史時代的社會生活及其發展趨勢在作品中的具體表現。典型人物只有在典型環境中才能形成，作家、藝術家只有掌握人物性格形成的主要歷史條件和人物周圍的具體環境，才能塑造出典型人物。

【情趣】 指情調趣味。寬泛地説，能引起欣賞者情感上興味的都可稱為有情趣，諸如興趣、雅趣、俗趣、境趣、意趣、諧趣等，均為情趣之種種。具體而言，情趣一般指在生動鮮活的形象描寫中透露出的獨特個性和情感的審美趣味，能夠引起讀者比較特殊的感情。與情趣相對應的還有事趣和理趣。一般而言，詞比詩有情趣，曲比詞有情趣。

【情調】 文學作品所表現的情感的性質和格調。由於人的情感都具有社會性，故而根據一定的社會標準就可以將反映在作品中的情感區分為健康或不健康的、格調高或低的。有時也把與一定生活方式相聯繫的情感叫情調，如異域情調。

【格調】 指不同作家或不同作品的藝術特點的綜合表現，也可指人的風格或品格。它是中國古代鑒賞與品評詩詞常用的概念，指詩詞的品格，是內在與外在的統一。內在的品格指的是作者性情與感受所具有的品格，外在的品格則是指文辭。通常以不同流俗的高雅文辭，傳達作者真摯而高尚的情趣、意趣，即為高格調。

【意蘊】 文學作品裏滲透出來的理性內涵，通常指藝術形象所包含的內在意義和情感。十九世紀德國哲學家黑格爾在《美學》第一卷指出意蘊是"比直接顯現的形象更為深遠的一種東西"。作為一種內在的東西，它並不直接呈現在讀者面前，它是作品的靈魂，是統攝外部形式因素的核心。

【辭藻】 原指詩文的辭采，常指用以藻飾文辭的典故或古人著作中的現成辭句，也借指文辭。

【意象】 作家、藝術家頭腦中孕育形成的、傾注了一定思想感情的形象，也即意中之象、有意之象、意造之象。它保留了事物具體可感的特點，但又不是表象和概念，而是感性與理性、情感與認識、現象與本質相統一的形象。

【意境】 文藝作品中所描繪的生活圖景和表現的思想感情融合一致而形成的一種藝術境界。能使讀者通過想象和聯想，如身入其境，在思想感情上受到感染。優秀的文學藝術作品往往能使情與景、意與境交融在一起，塑造鮮明生動的藝術形象，產生強烈的感染力。中國古代文學批評家常以意境的高下來衡量作品的成敗。

二、作品結構

【結構】　文學作品內容、材料的組織方式和內部構造。它根據表現主題和塑造形象的需要，運用各種藝術表現手法，把經過集中、概括加工的生活材料加以適當的裁剪安排，使其既符合生活的規律，又適應一定作品的體裁特徵，以達到藝術上的完整和諧。它包括情節次序的安排、人物的配備、環境的佈置，以及協調人物和環境的關係等。結構的嚴密與巧妙，取決於作家構思的縝密程度和對生活認識與理解的深刻程度。

【結構形式】　又叫結構方式，文章和作品內部構造的外部表現形態，與結構順序密切相關。常見的結構形式有縱式結構、橫式結構、遞進式結構、並列式結構、總分式結構等等。在一篇文章或作品裏，常常幾種結構形式結合運用。分析作品的結構形式可以看出作者謀篇佈局的匠心。

【縱式結構】　文學作品的結構方式之一，又稱演進式結構。一般按照事物發生、發展的自然進程和時間的先後順序、空間的連續性來安排材料。常用於圍繞一個中心人物或一個中心事件展開情節的作品，便於表現主人公一生的經歷和遭遇。如中國現代作家老舍的《駱駝祥子》即以一個洋車夫一生的遭遇來安排全書情節。

【橫式結構】 文學作品的結構方式之一，又稱並列式結構。它以空間的轉移或材料的分類為次序安排材料。它是把若干表面上沒有必然聯繫的生活場景或故事情節平列安排，從不同側面或角度共同表現小說主題的結構形式。如現代小說家穆時英的作品《上海的狐步舞》，寫上海某一日夜間發生的幾個生活片斷，其中的人與事並無聯繫，均反映了都市社會的病態生活。

【雙環式結構】 文學作品的結構形式之一。即一個環式套另一個環式，或一個環式和另一個環式相交，兩個環式共同組成一個雙環。這種結構形式的作品，故事中套故事，一個故事引出另一個故事，人物關係既相互排斥構成矛盾衝突，又相互聯繫形成交叉。這種交叉不僅能使獨立的故事發生關聯，也能進一步深化主題。

【鏈式結構】 文學作品的結構方式之一。結構形式好像鏈條一樣，一環一環相連，故事也隨之推進。鏈條中每一環都可獨立成篇，也可與下環相接。這種連接既是某種顯示共性的因素的組合，又是情節的延續，最後構成整個作品。如元末明初作家施耐庵的《水滸傳》中每數回集中描繪一個中心人物的性格發展，然後將多個中心人物連綴起來，最後都指向共同的歸宿地——梁山。

【串連式結構】 文學作品的結構方式之一。它以人物或事件為情節線索，串連若干既獨立而又有聯繫的故事，以構成一個和諧完整的有機整體。如明代作家吳承恩的《西遊記》中以唐僧取經為主要線索，把取經路上的種種鬥爭故事串連起來，構成故事情節。

【包孕式結構】 文學作品的結構方式之一。在小說創作中指運用大故事包小故事的結構形式。其寫作特點是：按時間順序描敘能集中體現主題思想的主要情節故事，再藉助倒敘、插敘等方式連綴若干小故事，使小故事與大故事套疊在一起，構成一個有機的整體。這種結構形式要求作品以一個能集中表現主題思想的故事為中心，其他故事包孕在這個故事中，由這個故事自然引出。它以結構嚴密見長，有利於反映錯綜複雜的生活內容。

【複式結構】 文學作品的結構方式之一。它是縱式結構和橫式結構的結合，一般以事件發展的進程和時間的順序為經，以各種不同的內容為緯，相互結合的一種結構方式。在小說創作中一般從現實寫起，然後回顧過去，最後又回到現實，形成縱橫交叉的複式結構。如中國現代作家魯迅的《祝福》等。

【三疊式結構】 文學作品的結構方式之一。元末明初作家羅貫中的《三國演義》中的"三顧茅廬"是典型的三疊式結構。它的基本特徵是：在人物和事件的描寫中，採用先後三次的重疊演變，以有力地展開情節、刻畫人物性格。"重疊"是僅就形式而言的，並不意味著內容的重複。如元末明初作家施耐庵的《水滸傳》中"三打祝家莊"的三次打法和情節內容是各不相同的。

【情節】 作品中人物經歷的種種矛盾衝突及其整個活動過程。它是作家根據一定的審美原則從大量的日常生活事件中提煉出來的，由一系列能顯示人物與人物、人物與環境之間的特定關係的具體事件和矛盾衝突所組成，藉以展示人物的性格、表現作品的主題。完整的情節一般包括開端、發展、高潮、結局四個組成部分。有的作品在基本情節之外還有序幕、尾聲。同一情節內容可以用不同的結構形式來表現，既可以按時序展開，也可以顛倒時序來安排，但都需以有助於塑造人物、有利於突顯主題、能夠增強藝術效果為前提。

【主要情節】 又稱基本情節。敘事性文學作品中圍繞主要人物活動而展開，由主要矛盾引起的那些事件的發展過程。

【次要情節】 又稱一般情節。敘事性文學作品中圍繞次要人物活動而展開，由次要矛盾引發的那些事件的發展過程。它雖具有相對獨立性，但從屬於主要情節，對主要情節起烘托和照應的作用。

【非情節因素】 指小說、戲劇、電影等敘事性文學作品中與人物性格的矛盾衝突不發生直接關係的部分，包括序言、旁白、插曲、尾聲、作者的抒情和議論等。這些非情節因素也是作品結構的有機組成部分，對於主題思想的表現、人物性格的刻畫、形成某種特殊敘述語調和風格、增強作品情味等也有輔助性的作用。此類內容也不宜多用，否則會使情節游離、結構鬆散，應做到與情節的有機結合和統一。

【細節】 文藝作品中細膩地描繪人物、事件、環境、場面等的最小組成單位。對小說而言，細節是最細小的情節，細節的真實性是現實主義小說藝術典型化的必要條件。成功的形象、深刻的主題、動人的情節，都需靠一定的富有特徵性的細節來體現。成功的細節有時可以深化主題。如中國現代作家魯迅的《祝福》中祥林嫂乞討時手中所握的竹竿，表明其處境之悲涼。細節描寫要服從藝術形象的塑造、故事情節的展開和主題思想的表達，以便生動地反映事物的特徵、增強藝術感染力。

【場面】 指一定時間、空間裏發生的一定的人物行動或人物關係所構成的生活畫面，是敘事性文學作品中情節發展的基本單位。中國現代作家魯迅的《祝福》中"我"與祥林嫂相遇的情景即是一例。人物性格和故事情節的發展是在場面的不斷轉換中體現的，不同的場面既有相對獨立性，又與前後的場面有著內在的邏輯關係。

【場景】 敘事性文學作品或戲劇、電影中，人物之間在一定的時間和環境中互相發生場面關係而構成的生活情景，由人物活動、背景等構成。場景最主要的作用是塑造人物和表現主題，也可以營造意境、渲染氣氛、推動情節發展。一般來說，場面描寫即構成場景，但嚴格來說，場景的概念比場面更大，一個場景中可以有多個場面。需要注意場景和環境描寫的區別：環境描寫是描寫人物活動的客觀環境，是"靜態"的描寫，而場景則是以人物活動為中心的"動態"的描寫。

【戲劇場幕】 戲劇結構的佈局形式。戲劇結構一般有縱橫兩個方面。縱的方面指有幾條情節線，如中國現代作家曹禺的《雷雨》中主線是繁漪和周萍的矛盾衝突，圍繞這條主線還有各個人物間矛盾衝突形成的不同層次的副線。橫的方面指截取哪些生活片斷來表現劇情的發展。這種片斷就叫"幕"，由時間、場景、人物、情節組成，具有相對的完整性。時間、場景不需變換，人物、情節不複雜就寫成獨幕劇，反之就寫成多幕劇。一幕劇中，如果場景、人物發生變化，或場景雖不變但要表現

63

的戲劇衝突重點有變化，又可分“場”。戲劇場幕不完全按情節的發生、發展、高潮、結局的次序來設置，還要看對生活片斷的需要量來安排它的多寡。

【衝突】 反映現實生活矛盾的特殊藝術手段。它是由人們的立場觀點、思想感情、利益、願望的不同而產生的矛盾鬥爭在藝術作品中的再現。按衝突雙方構成，有特定環境下人物自身性格的衝突，也有人與周圍環境的衝突；有的衝突表現得尖銳突出，有的則表現得隱蔽緩和；有的衝突通過重大事件表現，有的則通過日常生活小事展示。衝突在敘事性文學作品中是構成情節的基礎，也是展示人物性格、表現主題的重要手段。對戲劇作品而言，沒有衝突就沒有戲劇。文學作品所反映的衝突，是作家在一定世界觀和創作意圖指導下，把現實生活中的矛盾鬥爭加以典型化，並按照人物性格發展的過程精心安排的結果。

【戲劇衝突】 戲劇最基本的要素。它是人與人之間、人與環境之間、人內心深處的矛盾和衝突，在戲劇裏的集中反映。它是社會生活矛盾在劇本裏具體而形象的反映，表現為由各類不同矛盾衝突所產生出來的具體事件和情節。沒有戲劇衝突就沒有戲。戲劇衝突的特點有：（1）高度的集中性。如中國現代作家曹禺的《雷雨》，故事情節的時間跨度有三十個年頭，周、魯兩家的矛盾衝突錯綜複雜，各個人物間的關係也錯綜複雜，作者卻把它集中在二十四小時內的周、魯兩家中加以反映。（2）尖銳性和獨特性。尖銳性表現為激烈程度，無法掩蓋，非爆發不可。獨特性表現為劇中的矛盾衝突完全由劇中人物的相互關係形成，反映出各個人物的性格特徵。（3）自始至終都貫穿著表現主題思想的需要，反映出作者對主題思想的提煉。

【戲劇場面】 指構成戲劇情節的基本單位，是戲劇人物在一定時間、一定環境內進行活動的特定的、流動的生活畫面。這些畫面往往前後因果相承，彼此銜接，有某種內在聯繫。場面的轉換和衝突的展開、情節的推進以及人物關係的變化有著密切的聯繫。戲劇情節是在場面的不斷轉換中發展的。

【舞台提示】 又稱舞台說明、舞台指示，屬於戲劇名詞，指劇本裏的敘述性文字，一般寫在幕或場的前面或者台詞之間，加括號標明。其內容一般包括：介紹劇情發生的時間、地點；說明人物的身份、動作、形象特徵、感情變化、心理活動；描繪場景、氣氛；對燈光、道具、佈景、音響效果等方面藝術處理的要求。它是劇作家向導演或演員提出的藝術創造的要求。我國傳統戲曲劇本中的"介"和"科"就屬於舞台提示。

【層次】 寫文章時安排材料、表達思想感情的順序，是根據表達思想內容的需要由作者用心安排的。層次與段落關係密切又有區別，層次是從思想內容劃分的，段落是從文字表達劃分的。在一篇文章中有時層次和段落一致，有時互有大小。寫文章時，只有層次清楚，才能把思想內容表達清楚。

【剪裁】 剪裁是根據表達的需要來決定材料的主次詳略。精心剪裁是寫好文章的重要手段。剪裁一要看主題的需要。主題是文章的靈魂，剪裁是為表達主題服務的。一般來說，對表現主題起重要作用的材料要詳寫，起輔助作用的材料要略寫，與表現主題無關的材料，不管多麼生動也要捨棄。剪裁二要看文章的體裁。不同體裁的文章，有不同特點和不同要求。記敘文的特點是以事顯理，因此記事部分一般要求簡而明。剪裁三要看上下文。如果前面已經記敘了某件事，後邊還要提到，就無需再詳，只要稍加交代就夠了；反之，如果前面只是簡單交代，後邊就該詳細描繪。這樣會使文章疏密有致，濃淡相宜。剪裁四要看讀者的熟悉和理解程度。讀者已經熟悉和理解的，沒必要多費筆墨；讀者不熟悉不理解的，則不該吝惜筆墨。這樣文章才更有吸引力，才使人讀有所得。

【鋪墊】　以一系列非主要情節的描寫作為展開主要情節的準備，或來醞釀高潮到來前的氣氛的寫作技法。鋪墊的作用，一是顯示情節發展的必然性，一是製造懸念或埋下伏筆。分析敘事性文學作品，必須注意這種手法的運用。

【線索】　小說、戲劇、電影等敘事性文藝作品中貫穿全部情節發展的脈絡。它把顯示人物性格和矛盾衝突發展的各個事件聯結成為一個整體，而情節發展過程中的各個事件又是構成線索的具體環節。在小說中都有一條或數條線索，但主要線索一般只有一條，其餘線索稱為副線，需圍繞主線來開展。如清代作家曹雪芹的《紅樓夢》中，賈寶玉和林黛玉之間的愛情故事，是貫穿全書情節發展的脈絡，是主線；其餘如王夫人、邢夫人、賈政、賈璉、王熙鳳、薛寶釵等人物之間的矛盾衝突及其整個活動過程，均為副線，都是圍繞著主線而展開的。副線對主線起陪襯、烘托、對照等作用。

【明線】　指小說中能從人物活動和事件發展中直接呈現出來的線索。如中國現代作家魯迅的小說《藥》中華老栓買“人血饅頭”替兒子華小栓治病的過程，採用的就是明線。在中長篇小說中，明線可以是一條或數條，也可以是主線或副線。但在兩條以上的明線中，必有一條是主要的。

【暗線】 指小說中沒有直接通過描繪的事件或人物活動呈現，而是間接呈現出來的線索。如中國現代作家魯迅的小說《藥》中革命者夏瑜被害的過程，用的便是暗線。暗線一般只有一條，其主要作用是映襯主線，為深化主題服務。

【伏筆】 小說創作中結構佈局、安排情節的描敘手法之一，又稱伏線。指對作品中將要出現的人物或事件，預先作出提示或暗示，以求前後呼應。它能使人物性格或事件發生、發展不使人感到突然，有助於達到情節發展合理、結構周密謹嚴的藝術效果。

【懸念】 是作者安排結構時經常使用的一種藝術手段，也是文藝欣賞過程中的一種心理狀態。作者在展開故事情節、安排矛盾衝突時，將作品後面要表現的重要內容，作為一個懸而未決的問題先行提出或作出暗示，故意在讀者心中造成疑團，使讀者產生的一種關切故事發展和人物命運的懸掛惦念的緊張心情和期待看到結局的願望。作家在創作中要合理地掌握和運用這種心理特徵，在處理情節結構、安排矛盾衝突時，往往運用插敘或倒敘等手法以造成懸念，增強藝術感染力。如元末明初作家施耐庵的《水滸傳》、元末明初作家羅貫中的《三國演義》等小說中常在矛盾衝突最緊張、最尖銳的時刻設下“扣子”，使讀者急於知道故事的結果，具有引人入勝的藝術效果。

【巧合】 利用生活中的偶然事件來組合故事情節的一種技巧。正如俗話所說“無巧不成書”，故事性強的作品中常用巧合法。

巧合法可以增強戲劇性、故事性，使作品波瀾起伏，引人入勝。巧合表現事物的偶然性，而現實生活中的偶然往往是寓必然於其中的。

【過渡】　過渡是指上下文之間的銜接、轉換。當文章的內容需要轉換時，一般要有過渡。過渡的寫法，常見的有三種：(1) 過渡段。(2) 在層次和段落之間安排一個表示過渡的句子，這個句子有時放在前段的末尾，有時放在後段的開頭。(3) 用"但是""那麼""這樣""總之"之類的詞語表示過渡。過渡詞語一般放在後段的開頭。

【突轉】　戲劇結構技巧之一種，最早見於古希臘哲學家亞里士多德的《詩學》，指劇情突然發生變化，往往是極大的轉變，由順境轉入逆境，或由逆境轉入順境。這種大起大落，能強烈刺激觀眾，引起他們對劇中人物命運的急切關注，因而是最富於戲劇性的。

【開宗明義】　"開宗"指闡發宗旨，"明義"指説明意思。語出中國古代儒家倫理學著作《孝經》第一章《孝經·開宗明義章》。指説話、寫文章一開始就講明主要意思。

【卒章顯志】　"志"指文章的主題、中心，"卒"為完畢。卒章顯志指在文章結尾時，用一兩句話點明中心、主題，也叫篇末點題。恰當運用這種手法可以增加文章的深刻性、感染力和結構美，有畫龍點睛的藝術效果。北宋文學家范仲淹《岳陽樓記》篇末的"先天下之憂而憂，後天下之樂而樂"即是卒章顯志。

【文眼】 我國古代散文理論中的重要概念，一篇中最能體現作者立意或作品主旨、意境的語句，猶如一篇之眼目，最能傳一篇之精神，是作者藝術構思的焦點。清代文學家劉熙載在《藝概·文概》中說："揭全文之指，或在篇首，或在篇中，或在篇末。在篇首則後必顧之，在篇末則前必注之，在篇中則前注之，後顧之。顧注，抑所謂文眼者也。"散文文眼與詩眼、小說焦點有共同之處，均是藝術構思的焦點或核心。三者也有區別：詩眼多為"句中眼"，指一首詩中最精煉傳神的一字或一句；小說的焦點多從結構和構思而言，可以是貫穿全篇的中心人物、中心事件或典型細節；散文的文眼則是一篇中的警策之言，主要作用是體現全篇的主旨，有時也關係到結構的安排。如北宋文學家范仲淹《岳陽樓記》篇末的"先天下之憂而憂，後天下之樂而樂"，北宋文學家歐陽修《醉翁亭記》篇中的"醉翁之意不在酒，在乎山水之間也"，都是點亮全篇的文眼。

【開頭藝術】 作品結構藝術的一個重要方面。成功的開頭能夠有效地吸引住讀者，具有強烈的藝術效果。就小說而言，開頭沒有固定的模式，根據作品所要反映的生活對象和作者試圖給讀者造成的心理效應，開頭可以具有多樣性和獨創性。小說常見的開頭類型包括：交代故事背景，為情節的展開和人物性格的發展做鋪墊；展示懸念，吸引讀者興趣；描繪真實的場景和環境，達到逼真的效果，讓讀者產生真實感；與結尾呼應。

【結尾藝術】 作品結構藝術的一個重要方面。結尾的好壞，往往會直接影響結構的完整性。巧妙的結尾，通常能引發讀者情感的激動、深入的思考、無窮的回味和難忘的印象。結尾也沒有固定的模式。小說常見的結尾方式有：與開頭呼應，做到題深旨遠，餘音繞樑；情理之中，意料之外；於結尾處有新拓展，開闢新視角；將前文敘述過的情節略微提及或輕輕帶過，造成一種獨特的迴環效果，引發對整個作品的思考。

【楔子】　戲曲名詞，又稱序幕。原指元雜劇在四折戲之外所增加的短型獨立片段。明清以後始用於小説創作，通常放在小説故事開端之前，以引起正文，是小説情節的組成部分。近代小説正文之前用於概括提示的章節或段落，也稱為楔子。小説中的序幕，指作品中矛盾衝突尚未展開前對人物關係、社會背景、故事緣起、作品主題等做的提示、交代和説明。並非所有小説都有序幕，但有序幕的小説一般都有尾聲與之呼應。

【開端】　情節結構的組成部分之一，或稱開場、發端、起因。在小説中，它往往是基本矛盾衝突展開的"第一個事件"，具有開端肇始的作用。整部作品以這個事件引出情節的矛盾衝突，確定矛盾衝突的性質，揭示故事發展的線索，並埋伏下人物性格發展的趨向。如中國現代作家魯迅的《祝福》中寫"我"在魯鎮的魯四老爺家中聽説祥林嫂死訊的一段，是作品的開端部分，它為故事在之後的回述中逐漸展示出祥林嫂悲劇的一生開了個頭。小説的開端形式是多種多樣的，總的要求是自然、貼切和新穎。

【發展】　情節的主要部分，或稱開展、進程。指開端後，各種矛盾衝突相繼展開，且不斷發展、激化，一直到高潮出現之前的情節發展過程。作品的主題思想和人物性格主要是在這一發展階段逐漸呈現、漸趨完整的。如中國現代作家魯迅的《祝福》中，圍繞祥林嫂兩次婚姻遭遇的敘述，是作品中情節的發展階段。在小說的情節結構中，它往往是篇幅最長、容量最大、變化最多的部分。

【高潮】 情節結構的組成部分之一，或稱頂點、高峰。指主要矛盾衝突經過充分展示發展到最尖銳、緊張的階段，是決定雙方命運、事件成敗和發展前景的關鍵一環。它不一定是作品中最熱鬧的場面，但一定是人物命運搏鬥最激烈，思想、情感交鋒最深沉的地方。如中國現代作家魯迅的《祝福》中祭祖之日，祥林嫂被女主人嚴辭呵斥，幻想破滅，精神崩潰的一幕，是情節中的高潮。高潮一般出現在作品的後半段，且持續時間較短。

【結局】 情節結構的組成部分之一，或稱收場、終結、結尾。指高潮過後，人物性格、情節發展、矛盾衝突的最後階段，此時主要的矛盾衝突已經結束，人物性格的發展已經完成，事件的變化有了最終結果，主題得到了完整的體現。結局可分為兩種類型：一是"轉化型"，即作品最初提出的矛盾衝突並沒有完全解決，只是向新的方向轉化了。如中國現代作家魯迅的《傷逝》。二是"解決型"，即作品最初提出的矛盾衝突終於解決了。如中國現代作家老舍的《駱駝祥子》。

【尾聲】 情節結構的特殊組成部分，一般不屬於基本情節的範圍。它是作品基本情節結束後，作者另寫的一節（戲劇作品中就是另寫的一場），對人物命運、事件發展遠景等所作的補充交代。尾聲往往與序幕相呼應。如中國現代作家魯迅的《藥》中兩位母親在墳場相遇一幕，既交代了作品中人物的結局，又透露出某種暗示。有無尾聲，取決於情節的需要。

三、表現手法

【藝術手法】　文學藝術創作中塑造形象、反映生活時所運用的各種具體的表現方法，又稱表現手法。首先表現在結構安排上，其次體現為各種表達方式（如敘述、描寫、抒情、議論等）的靈活運用，此外還體現在一些具體的藝術技法（如對比、襯托、象徵、比喻、誇張、虛構、渲染等）的巧妙運用上。

【表達方式】　又稱表達方法，指用語言文字表情達意的方式。常見的表達方式有敘述、描寫、抒情、議論和說明五種。表達方式作為文章的形式要素，要為內容表達服務，同樣的內容採用不同的表達方式來寫作，可以產生不同的效果。文章的體裁主要由採用的方式決定，但一般也會視表達需要靈活綜合運用其他表達方式。

【議論】　文藝創作的一種手法。作家、藝術家在反映社會生活的時候，主要是通過形象去展示，但也不排斥在作品中融入議論，或揭示生活和形象的意義，或對人物和事件作出評價，或發表對於政治、道德的見解。議論需要和作品中的敘述、描寫和抒情結合在一起。脫離形象，沒有情感滲入的過多議論，是文藝創作的大忌。

【抒情】　文藝創作的基本表現手法之一，指通過抒發內心感受和情感來塑造藝術形象，常帶有作者本人鮮明的個性色彩，同時也會具有一定程度的普遍性。可以分為直接抒情和間接抒情兩種。

【直接抒情】　作者在描繪或是記敘之餘，情不自禁直抒胸臆，從而使讀者直接受到強烈的感染。成功的直接抒情，必定出現在感情充沛溢滿之時，恰到火候而顯得自然。借景抒情、敘中抒情、議中抒情，都屬於間接抒情。

【借景抒情】　借描寫景物抒發感情，是記敘文特別是散文常用的手法。清代學者王國維云：“一切景語皆情語也。”借景抒情，情以景興，能使作品情豐意密，蘊藉深遠。需注意的是，感情要真摯，情景要交融，做到景中有情，情在景中。

【情景交融】　文藝作品中景物描寫與情感抒發密切交融的一種藝術境界。散文中的情景交融，指作者經過觸景生情、移情於景、情景相生的構思，在寫景時通過融情於景、借景抒情、寓情於景等手段，把情感的抒發和景物的描寫緊密結合。如北宋文學家范仲淹的《岳陽樓記》、北宋文學家蘇軾的前後《赤壁賦》等寫景抒情的散文名篇，都成功達到了情景交融的境界。

【託物言志】　託物言志是散文寫作的一種重要方法，其特點是藉對某一具體事物的描寫抒發作者的思想感情。在古今散文中，託物言志的作品佔有重要地位。戰國詩人屈原的《橘頌》、北宋文學家周敦頤的《愛蓮說》、清代詩人龔自珍的《病梅館記》等，都是膾炙人口的名篇。現代作品中，中國現代作家魯迅的《雪》、中國現代作家茅盾的《白楊禮讚》等，都是人們熟悉的佳作。託物言志的作品，可以讚頌，也可以抨擊，可以直抒胸懷，也可以委婉含蓄。託物言志，"託物"是手段，目的在"言志"。因此，所託之物的描寫不必求全，重要的是突出"物"與"志"關聯之處的基本特徵。只有物性與所言之志完全統一，作品才既生動形象，又使讀者產生豐富的聯想，有很強的說服力。

【託物憶人】 由熟悉的或眼前的景物起興，引出對人的回憶，用鮮明的人物形象寄託自己的情思，這是寫人散文常用的表現手法。中國當代作家劉白羽的《啟明星》就是這麼寫的。文章開頭從天將破曉時"我"看到"暗藍色高空中閃耀著一顆又白又亮的星"寫起，接著說"我從這顆星想起一個人"，於是追述了一位戰士在一次夜戰中點燃衣衫變成火人，給大部隊照亮道路的動人故事。結尾又用啟明星來呼應："這又白又亮的星不就是那雙眼睛嗎？"這種託物憶人的寫法，一是注意了所託之物與所憶之人兩者間的內在聯繫，找到兩者之間的某種相似點，使所託之物既是感情的依託，又是人物性格的象徵；二是注意由"物"到"人"的過渡，過渡得好，使人感到自然真切。有時是"物"和"人"被巧妙地糅合在一起，亦成精彩特色。

【託物喻理】 讚揚或評析某一景物，藉以說明某一深刻的道理。這樣的寫法會使抽象的道理變得具體而形象，會引起讀者的聯想，加深讀者的理解，其效果要比單純說教好得多。託物喻理，首先要發現"物"與"理"之間的相似點，這樣的"物"才能喻"理"。其次，是抓住"物"的最本質的方面，用本質特徵喻"理"，才容易被讀者理解和接受。

【點面結合】 把一般和個別、全面和典型結合起來的一種寫作法。“點”上的描寫，往往使人對突出之處產生深刻的印象；“面”上的概述，又使“點”的表現有了一個堅實的依託背景。可以是先“點”後“面”，也可以是先“面”後“點”，或是“點”“面”摻雜。“點”和“面”的描寫，可以造成靈活穿插而錯落有致，既全面又深刻，既豐富又感人的作品效果。如中國現代作家茅盾的散文《鄰二》即為一實例。

【以小見大】　即以平凡的或細小的形象、事件，來表現深邃的思想和重大的主題。這是文藝創作和寫作的基本方法。正如魯迅所說：“選材要嚴，開掘要深。”“嚴”就嚴在材料雖小而極具有代表性；“深”則體現在主題的深度，也就是能夠從中見大。名家的成功之作中，多有以小見大的典範。如中國現代作家巴金的《家》，由一個高家的故事而廣闊地展示整個二十世紀二十年代中國社會中正在發生的重大變遷。

【形散神聚】　散文結構的一種特有方式，又稱形散而神不散。“形散”指一篇文章裏題材寬泛、多方吸收、不受限制，“神聚”則指主題思想必須集中，這兩者要辯證統一。但這種結構方式通常適用於“閒話式”散文或者不受時空限制的抒情散文，如中國現代作家秦牧的《土地》、中國現代作家巴金的《燈》等，而大多數記一人、一事、一景、一物的散文，時空受限制，不需講究形散，如中國現代作家冰心的《小橘燈》、中國現代作家朱自清的《荷塘月色》等。

【虛實】　虛實可以指浪漫與寫實兩種相對的創作傾向，也可指客觀存在與主觀臆斷、實寫和虛擬、正面描寫和側面描寫。直接地描寫對象，從正面描繪對象的風貌、行為或心理活動，交代清楚，一目了然，謂之實寫。虛寫大致可分兩種形式：一是利用對方或第三者的評價、感受、反應，間接地反映描寫對象；另一形式是利用暗示、反襯等手法，隱蔽式地表現描寫對象。虛寫往往需要讀者充分利用自己的生活經驗或是運用想象去補充和豐富描寫對象。如元末明初作家羅貫中的《三國演義》第五回，寫關羽溫酒斬華雄的故事，即是採用虛實兼用的寫法。

【虛實結合】 側面地、烘托性地寫是為虛寫，正面地、直接地寫是為實寫，將這兩方面恰當地結合起來，便是虛實結合的寫法。例如中國當代作家劉白羽的散文《日出》，寫到一次從國外歸來，在飛機上看到的日出，並通過日出表現了對祖國、對青春、對未來的讚頌。文中先寫了五件與日出有關的事：第一，古詩中對日落的描寫；第二，抄錄海涅從布羅肯高峰看日出的記錄；第三，抄錄屠格涅夫關於日出的描繪；第四，寫去印度南端的科摩林海角看日出，因遇霧而失敗；第五，寫登黃山看日出，又因遇雨而未如願；最後，才是實寫眼前看到的日出。前面的虛寫，或襯托，或渲染，意在勾起人們對看日出的嚮往，都對後面的實寫起到了積極的作用，使實寫的內容更鮮明，更突出，更有吸引力。虛寫和實寫要安排得當，虛寫為實寫服務，實寫同虛寫結合。這樣，虛實相生，文章有起有伏，變化生輝。

【曲徑通幽】 源於唐代詩人常建的《題破山寺後禪院》："清晨入古寺，初日照高林。曲徑通幽處，禪房花木深。" 這是寫寺院幽深，別有洞天的情景。後來，曲徑通幽被借用來表示一種藝術技巧，其特點是，以情節安排之"曲"，通向思想和藝術之"幽"。常言説"文貴曲"，又道"文似看山不喜平"，情節曲折，波瀾起伏，方能引人入勝，達到寫文章的目的。例如中國現代作家魯迅的《范愛農》，開頭寫作者尚不熟悉范愛農時，覺得他不但"離奇"，而且"可惡"。接著寫作者與范愛農"非常相熟"之後，兩人志同道合。范愛農死後，魯迅非常懷念他，全文起伏曲折，於步步深化中人物的思想性格得到了充分展現。"曲"是多種多樣的，可以寫波瀾起伏，也可以寫節外生枝，可以寫絕處逢生，也可以寫意外之巧……反之，如果平鋪直敘，一覽無餘，即使主觀願望再好，也喚不起讀者的興趣，達不到"通幽"的目的。

【欲擒故縱】 "擒"是抓住，"縱"是放開。"擒"與"縱"，"縱"是為了"擒"。寫文章的時候，如果要描寫事件的結局，卻故意先寫與願望成反向發展，欲寫解決，卻故意先寫衝突似乎還在激化，這便是欲擒先縱的寫法。運用這種寫法會使文章顯得新穎別致，從而更好地表現文章的主題。例如中國現代作家吳伯簫的《獵戶》，故事簡單卻很有情趣，使人愛讀不捨。文章開頭先交代全文記敘的是"訪問打豹英雄董昆"，可接下去並沒寫董昆，而是回憶獵手尚二叔，跟著又寫"繞道去望望'百中'老人"，不巧未遇，然後寫場長帶著參觀了董昆的獵物和林牧場，直到最後才寫"真巧了"遇到一位彪形大漢——董昆。文章主要寫董昆，卻又遲遲不寫董昆，而是七彎八拐，一縱再縱，最後才見"廬山真面目"。讀者不但不覺掃興，反而感到妙趣橫生。這便是欲擒故縱收到的藝術效果。此法的關鍵在於如何張開"縱"網，只有"縱"得好，"縱"得有功夫，才能"擒"得有味道。

【移步換景】 遊記常用的一種寫作手法。不固定立足點和觀察

77

點，按照地點的轉移和一定的視角，把所看到的不同景物依次描寫下來。運用移步換景，首先要注意把立足點的變化交代清楚，其次要抓住景物的特徵，再次要注意將不同立足點上看到的景物結合起來的時候要力求基調和諧，能反映出描寫對象的總面貌和總特徵。

【抑揚】 作家反映生活、描述人物和事件，必然滲透其審美評價，或愛或憎，或褒或貶，從而形成作品的“抑”與“揚”。為了獲得強烈的藝術效果，往往採用欲揚先揚、欲抑先抑、欲揚先抑和欲抑先揚四種手法。如中國現代作家魯迅的《風波》裏，在趙七爺出場前先介紹他讀《三國志》時如何感歎今不如昔，即為第二種手法。又如魯迅的《弟兄》裏，先寫自私的張沛君為弟弟的病急得令人感動，則為第四種手法。

【欲揚先抑】 為了更好地肯定、頌揚某人、某事或某物，先對其進行貶低或否定，然後著力褒揚。這便是欲揚先抑的寫法。這樣寫，不僅較一味地褒揚顯得有波瀾起伏，而且更能顯出揚者愈揚的強烈效果。中國現代作家楊朔的《荔枝蜜》是成功運用欲揚先抑法的典型。作者明明是要熱情讚揚蜜蜂的精神，開頭卻從不喜歡蜜蜂落筆，以“抑”墊“揚”，結果是“揚”得更高，更有力。反之，亦有欲抑先揚法。

【摹狀】 藝術描寫手法的一種。利用語言修辭手段，形象地摹寫事物的聲音、顏色、景象、形狀。如元末明初作家施耐庵的《水滸傳》中“魯提轄拳打鎮關西”一節，第一拳“正打在鼻子上，打得鮮血迸流，鼻子歪在半邊”，是摹狀；第二拳“也似開了個彩帛舖，紅的、黑的、紫的都綻將出來”，是摹色；第

三拳 "太陽上正著,卻似做了一個全堂水陸的道場,磬兒、鈸兒、鐃兒一齊響",是摹聲。運用這種語言修辭手段,能將事物描寫得十分逼真,繪聲繪色,活靈活現。

【渲染】 原指中國畫中用水墨或顏色烘染潤色物象,分出陰陽向背的一種技法。後來用於文藝創作,是一種用重筆濃彩對描寫對象做多方面的描寫、形容或烘托,以突顯其某種本質和特徵的藝術手法。如清代作家曹雪芹的《紅樓夢》中"劉姥姥一進榮國府"一節,通過劉姥姥五官感覺新奇獨特的感受,描寫榮國府的豪富奢華,是多方渲染的一例。

【烘托】 原指中國畫中用水墨或淡彩著力渲染所畫景物的輪廓,從而襯托及突出所繪主體景物的一種技法。用於文藝創作之中成為一種常用的藝術手法。世界上的事物都是互相聯繫著的,在寫作時不能孤立地去描寫某一客觀事物。利用事物之間的客觀聯繫,從所描寫事物的各個側面去著意描繪點染,使所要表現的事物鮮明突出,這就叫烘托,或曰烘雲托月。如中國現代作家魯迅的《祝福》中,描述魯鎮除夕祝福的氣氛來襯托祥林嫂的慘死,起到了震撼人心的作用。烘托,能突出所描寫對象的特徵,擴大和豐富讀者的想象力。

【映襯】 用相關的事物映照、襯托所要表現的事物,叫作映襯。映襯用得好,可以起到突出作品形象的藝術效果。映襯的方法有很多,有正襯亦有反襯。

【對比】 在作品中把相互對立的因素有機組織在一起,使之形成強烈的比較和對照。它是客觀現實中的矛盾和差異在藝術創作中的能動反映。對比可以是不同對象之間的，也可以是同一對象不同成分之間的；可以是同時性對比，也可以是繼時性對比。運用對比，能把不同對象更鮮明地區分開，突出對象各自的特點，收到相輔相成、相得益彰的效果。需要注意對比與襯托不同，襯托有主、賓之分，陪襯事物是為了突出被陪襯事物，而對比中兩種對立的事物是平行的並列關係，並無主、賓之分。襯托的修辭效果主要在於突顯正面或反面事物，表達強烈的思想感情，對比的修辭效果主要是用比較的方式提示事物的本質，使好的顯得更好，壞的顯得更壞。

【照應】　文藝創作的一種表現手法，將有一定聯繫的因素放在不同位置形成一種呼應。如前文提及的事情在後文有交代，或後文所談的事情在前文有伏筆。藉助照應可使作品結構緊湊，前後貫通，形成有機整體。照應的方法有：首尾照應、內容照應、語言照應、線索照應等。

【張弛】　指作品情節發展的節奏緊快和遲緩，人物間矛盾的變動狀態和靜止狀態。為了使作品收到較好的藝術效果，作者往往要在人物和情節的藝術處理上，把握張弛變化，注意節奏和諧。"弛"使人怡情，"張"令人振奮。如元末明初作家羅貫中的《三國演義》中"曹操煮酒論英雄"一節，即採用了有張有弛、張弛結合的手法。

【動靜】　在人物描寫和情節安排中，運用對比、反襯等表現手法，以動寫靜或以靜寫動，以求得動中顯靜、靜中顯動，從而深刻地表現事物的內涵與本質，使形象更有藝術魅力，使描繪更見變化起伏，引人入勝。如唐代詩人王維的《鳥鳴澗》中"人

閒桂花落，夜靜春山空。月出驚山鳥，時鳴春澗中"的寫法，
即為典型一例。

【動點描寫】 從高低、遠近、前後、左右等不同的立足點觀察
和描寫同一對象。例如中國現代作家朱自清的《綠》中寫梅雨
潭的景象就用了這種寫法，先是所見的遠景，然後是"抬起頭"
看到的景致，隨後是"亭邊"觀看到的近景……遠近景相結合
展現出美好的畫面。定點和動點的描寫，在作品中各司其職，
各顯特點。

【諷刺】 文藝創作的一種表現手法。用嘲諷的筆法描寫敵對或
落後的事物，有時用誇張的手法加以暴露，以達到貶斥、否定
的效果。作家應用這種表現手法揭露生活中消極落後以至腐朽
反動的事物，突出它的矛盾所在或可笑之處，使其無可隱蔽。

【蒙太奇】 本是法語 montage 的譯音，原意為構成、裝配。在
電影中有剪輯和組合之意，是電影藝術的一種結構方法。即依
照情節的發展和觀眾注意及關心的程度，把一個個分散的、不
同的鏡頭有節奏地連接起來，使不同的畫面之間、畫面與音響
之間相輔相成，產生連貫、呼應、對比、暗示、懸念、聯想等
作用，從而使整部影片形成一個統一的整體，使觀眾得到一個
明確、生動的印象和感覺，以便正確地了解一件事情之發展。
蒙太奇手法作為一種表現技巧，已為小說家們所廣泛採用。

【象徵】 文學創作的一種表現手法。通過某一特定的容易引起
聯想的具體事物（象徵物）來表現與之有某種相似或相近特點
的概念、思想和感情（象徵義），從而使抽象的情理形象化，使

所要表達的意思更為含蓄、深刻。如中國現代作家魯迅的小說《藥》的結尾，以革命者夏瑜墳上的花圈象徵革命的前景和希望。象徵不同於比喻，它是用具體的事物代表抽象的意義。象徵的基本特徵是“託義於物，借物言志”，既有鮮明的形象又意在言外，具有耐人尋味的效果。

【畫眼睛】　中國現代作家魯迅説：“要極節儉的畫出一個人的特點，最好是畫他的眼睛。我以為這話是極對的，倘若畫了全副的頭髮，即使細得逼真，也毫無意思。”魯迅藉繪畫談寫作，説到了寫人要善於通過對人物“眼睛”的描寫，來表現人物的性格特徵，揭示人物的內心世界。因為眼光和眼神是最能反映一個人豐富而複雜的內在思想感情的。不同的人有不同的眼神，不同的心態下人的眼神也不一樣。描寫“眼睛”一定要抓住人物的個性特徵，否則就失去了畫眼的意義。同時，畫眼並非指描畫實際上的“眼睛”，其廣義的理解應該是抓寫人物最突出的特徵。魯迅在《故鄉》中寫楊二嫂，就突出她“凸顴骨，薄嘴唇”的外部特徵來表現其尖酸刻薄的性格，雖然沒有直接寫“眼睛”，卻不失為成功的畫眼法。

【點睛】　“點睛”一説，來自成語“畫龍點睛”。意指在寫人、記事或寫景中，有意鋪張渲染，撲朔迷離，從而造成意境。關鍵處用一兩句簡要的話點出本意，使人茅塞頓開、恍然大悟。這種手法在我國古代散文中有著廣泛的應用。例如北宋文學家范仲淹的《岳陽樓記》用大部分篇幅記事寫景，臨到最後筆鋒一轉，歸結到了“求古仁人之心”，“不以物喜，不以己悲。居廟堂之高則憂其民，處江湖之遠則憂其君。是進亦憂，退亦憂。然則何時而樂耶？其必曰‘先天下之憂而憂，後天下之樂而樂'乎。"這最後的幾句便是點睛之筆。它點出了作者的本意及全文的精華，成為千古絕唱，此文因而也成傳世佳作。

【通感】 又稱移覺，是指把人的各種感覺相互溝通起來，用以描摹客觀事物形象，表現主觀心理感受。例如中國現代作家朱自清的《荷塘月色》中"微風過處，送來縷縷清香，彷彿遠處高樓上渺茫的歌聲似的"，"清香"和"歌聲"是嗅覺與聽覺的溝通。又如"塘中的月色並不均勻；但光與影有著和諧的旋律，如梵婀玲上奏著的名曲"，"月色"和"琴聲"是視覺與聽覺的溝通。通感的作用是使被描摹的事物更具體，被表現的心理感受更深切。比如，那"縷縷清香"到底是什麼樣的？用"遠處高樓上渺茫的歌聲"加以形容，就使人感到了它的細微輕柔、淡雅迷人。那"塘中的月色"又是怎樣的？用"梵婀玲上奏著的名曲"加以渲染，就使人品到了它的和諧美妙、優雅動人。通感和比喻有相似之處，但又有明顯區別，比喻的喻體和本體是同一感官的感受，通感則是將不同感官的感受溝通起來。比如，"葉子出水很高，像亭亭的舞女的裙"，"亭亭的舞女的裙"和"葉子出水很高"都是從視覺的角度說的，是比喻。

【對照】 修辭方式的一種。將兩個相反的事物或一個事物相反的兩個方面，放在一起相互比較。對照能使觀點更鮮明，愛憎更強烈，也更能揭示事物的本質。運用對照，要注意所用材料的矛盾對立要鮮明、尖銳，這樣才能給人以深刻的印象，收到強烈的對比效果。

【對偶】 修辭方式的一種。將兩個結構相同、字數相等、意義相關的短語或句子排列起來，表達相近、相連或相對的內容。

其作用主要在於藉助對稱的形式、和諧的音節，把兩方面的意思體現出來，使它們互相補充和映襯，增強語言的表現力。運用對偶應該服從於表達的需要，不應片面追求形式，變成玩弄辭藻的文字遊戲。詩詞中要求嚴格的對偶，可稱為對仗。對仗要求詩詞聯句在對偶的基礎上，上下句同一結構位置的詞語必須"詞性一致，平仄相對"，並力避上下句同一結構位置上重複使用同一詞語。

【聯想】 是一種心理活動的方式，也是一種重要的構思方式。它的特點是從某一事物想到與之有一定聯繫的另一事物。常見的聯想類型有接近聯想、類似聯想、對比聯想、因果聯想。還有一種輻射式的聯想，即作品內容的組織以一點為中心，向四周廣泛輻射，如太陽的射線狀。如中國現代作家朱自清的散文名篇《綠》，由眼前的"綠"，聯想到北京的"綠楊"、杭州的"綠壁"、西湖的"波"，繼而是秦淮河的"水"……這種廣泛的聯想，大大地拓寬了文章的邊際，充實了文章的內容，使之千姿百態，更富有魅力。

【想象】 是一種有目的、創造性的思維活動，也是一種重要的構思方式。它是利用我們頭腦倉庫中所存儲的已有信息（平常觀察的事物和知識經驗等），構築新的形象的心理活動。它能突破時間和空間的束縛，達到"思接千載""視通萬里"的境界。想象與聯想不同，聯想是由於某人或某事物而想起其他相關的人或事物，想象則是想出不在眼前的具體形象或情景。

【反語】 修辭方式的一種。詞語表面的意思和實際要表達的意思相反，俗稱說反話。反語的表達效果是委婉含蓄、辛辣幽默而耐人尋味的，能表現鮮明的愛憎感情。

【移就】 修辭方式的一種。將描寫甲事物性狀的詞語移來描寫乙事物性狀。如中國現代作家魯迅的《紀念劉和珍君》中"我將深味這非人間的濃黑的悲涼；以我的最大哀痛顯示於非人間，使它們快意於我的苦痛，就將這作為後死者的菲薄的祭品，奉獻於逝者的靈前。""濃黑"是形容顏色的，移來描寫人的心情，渲染陰沉的氣氛。移就，要求甲乙事物要有密切聯繫，這樣才能移甲於乙。如"濃黑的悲涼"，"濃黑"給人的感覺是陰沉昏暗，移來描寫"悲涼"的心情是合理的。其他如"愁眉苦臉""怒髮衝冠""歡樂的校園""友誼的種子"等，也是如此。移就能使人產生豐富的聯想，從而增強語言的表現力。

【格律】 創作詩歌（包括詩、詞、曲）必須遵循的格式和韻律，其中包括聲韻、對仗、結構以及字數規定。格律是構成詩歌藝術形式的重要特徵。唐代以後的近體詩，因格律嚴格，故又稱格律詩。新詩也有講究格律的，但限制不嚴格。

【對仗】 律詩的格律之一。指兩句中的詞組結構和詞性相同，互相成對。律詩的中間兩聯，即頷聯和頸聯規定必須對仗，而首尾兩聯則不做要求。對仗的形式多樣，分工對、寬對、流水對、交錯對、借對、扇對等。如唐代詩人劉禹錫的名句"沉舟側畔千帆過，病樹前頭萬木春"，其句子結構方式、詞語結構都相同，且字聲平仄上下完全相對，屬於工對。

【平仄】 分為平聲和仄聲兩類。平聲指古代四聲中的平聲，仄聲指上、去、入三聲。平仄為律詩的重要因素，詩句中所用字音、平聲和仄聲需相互調節，使聲調高低起伏，具有音樂美，增強藝術效果。

【押韻】 指詩詞歌賦在句末或聯末用韻。詩詞的韻，大致相當於漢語拼音的韻母，同韻母的字為同韻字，凡同韻部的字都可押韻。押韻就是把同韻的字放在相同的位置上，也就是放在偶句的句尾。這種在偶句句尾重複出現的同韻字，又稱韻腳。第一個韻腳出現叫起韻，第一個韻腳在首句出現叫首句起韻。押韻的作用不僅有使同類樂音在同一位置反覆出現，前後呼應，形成迴環美、整體美，還可烘托情感、表現感情色彩。

【修辭】 依據題旨情境，運用各種語文材料、各種表現手法恰當地表現作者所要表達的內容的一種活動。

【比喻】 辭格之一，也叫譬喻。是根據甲乙兩類不同事物的相似點，用乙事物來比甲事物。運用比喻，可以把抽象的事物、深奧的道理講得具體形象，通俗易懂。比喻通常由本體（被比喻事物）、喻體（比喻事物）和比較詞（如“像”“是”）三部分組成。按三部分的異同和隱現，可以分明喻、暗喻、借喻三種基本類型。

【本義】 一個詞本來的意義，相對於引申義和比喻義而言。如：“深”的本義是指從上到下的距離很大，“深”還有複雜難懂（意思深）、顏色很濃（顏色深）等其他意思，都是由其本義發展而來的。

【引申義】 在詞的本義的基礎上，經過演變發展而產生的意義。如：“急”的本義是激動不安，引申義可以是迅速而猛烈（急流）、緊急嚴重的事（當務之急）等。

【比喻義】 借用一個詞的基本意義來比喻另一種事物時產生的意義。如：“機械”有呆板的意思（辦事太機械）。再如：“虎口”有危險的境地的意思（落入虎口）。

【明喻】 比喻的一種，又叫直喻。通常用“像”“好像”“如”“如同”“好比”“彷彿”等比喻詞來聯結本體和喻體，表明相似關係。例如：“魯迅的雜文似匕首，如投槍，直刺敵人的心臟。”

【暗喻】 比喻的一種，又叫隱喻。本體和喻體同時並舉，表示相同關係。比喻詞常用“是”“當作”“成為”等。例如：“兒童是祖國的花朵，老師是辛勤的園丁。”

【借喻】 比喻的一種，本體和比喻詞都不出現，直接由喻體代替本體。如“星空中銀盤高掛”中的“銀盤”即比喻月亮。

【博喻】 比喻的一種，用兩個以上的事物（喻體）來比喻同一個事物（本體），使描寫對象的形象更鮮明生動，抒發的感情更強烈。如中國當代作家王蒙的小說《春之聲》中：“一株巨大的白丁香把花開在了屋頂的灰色的瓦瓴上。如雪，如玉，如飛濺的浪花。”

【諷喻】 修辭方式的一種。在本意不便明說或想要說得更形象、更明白的情況下，借用故事來說明道理，達到啟發教育或者諷刺譴責的目的。如《韓非子・五蠹》中所記的《守株待兔》，

《列子・湯問》中所記的《愚公移山》等寓言故事就是諷喻。

【借代】 修辭方式的一種。捨棄本體的名稱不用，而借用與本體有關的另一事物的名稱來代替。被替代的叫本體，替代的叫借體，本體不出現，用借體來代替。一是部分代整體，如"孤帆遠影碧空盡"，即是用"帆"代"船"；二是具體代抽象，如"南國烽煙正十年"，即是用"烽煙"代"戰爭"；三是特徵代本體，如"白領"即是用職場人士的穿著特點代本身；四是工具代本體，如"旌旗十萬斬閻羅"，即是用"旌旗"代"部隊"；五是因果互代，如"令人捧腹"，捧腹是捧著肚子，原因是出現笑話或令人發笑的東西，以"捧腹"的結果代"笑話"等令人發笑的原因；六是定數代不定數，如"漳河水，九十九道灣，層層樹，重重山"，以"九十九"代"無數"。借代和借喻都是一物代一物，但性質完全不同：借喻是喻中有代，借代是代而不喻；借喻側重相似性，借代側重相關性；借喻可以改為明喻，借代則不行。

【比擬】 修辭方式的一種。藉助想象力，把物當作人來描述，或把人當成物、把非生物當成生物來描述。恰當地運用比擬，可以增加敘述的形象性和生動性，有助於抒發感情，加強作品的感染力。比擬包括擬人和擬物兩種。

【擬人】 比擬的一種，即賦予客觀事物以人的言行和思想感情。這個物可以是物體、動物、思想或抽象概念，擬人可以使其具有人的外表、個性或情感。擬人可以通過形容詞、動詞或名詞表現出來。如前蘇聯作家高爾基的《海燕》中"波浪一邊歌唱，一邊衝向高空，去迎接那雷聲"，就是非生物擬人化。又如中國現代作家魯迅的《從百草園到三味書屋》中"油蛉在這裏低唱，蟋蟀們在這裏彈琴"，就是有生物擬人化。再如毛澤東的《反對黨八股》中"這裏叫教條主義休息，有些同志卻叫它起床"，就是抽象概念擬人化。

【擬物】 比擬的一種，把人當作物或把此物當作彼物來寫。一是把人當作物來寫，如中國現代作家老舍的《龍鬚溝》中"咱老實，才有惡霸，咱們敢動刀，惡霸就得夾著尾巴跑"，就是把惡霸當作有尾巴的動物；二是把甲物當作乙物來寫，如中國現代詩人郭小川的《團泊窪的秋天》中"不管怎樣，且把這矛盾重重的詩篇埋在壩下，它也許不合你秋天的季節，但到明春準會生根發芽"，就是把詩篇比擬成能夠生根發芽的植物；三是把抽象概念當物來寫，如中國當代作家何為的《山城蓮礦》中"蓮農們精心培植，把綿綿情意栽種在每一口蓮塘裏"，即是把情意比擬作可以栽種的植物。

【雙關】 修辭方式的一種。利用詞語的同音或多義條件，使一句話具有雙重意義。所用的雙關詞語，表面是一種意義，內裏又是一種意義，表面的意義是次要的，裏面的意義才是主要的。雙關又可分為諧音雙關和意義雙關兩種。如中國現代作家魯迅的《為了忘卻的記念》中"夜正長，路也正長，我不如忘卻，不說的好罷"。其中，"夜"，表面是指自然現象的夜晚，內裏的意思是黑暗的現實；"路"，表面是指地面上的道路，內裏的意思是未來的征途。這是意義雙關。雙關運用得巧妙，可使語言委婉含蓄，幽默風趣，意味深長，增強藝術表現力。

【排比】 修辭方式的一種。指把意思密切關聯、結構相同或相似、語氣一致的三個或三個以上的句子或詞組排列在一起。排比的修辭作用主要在於以整齊的結構形式，集中地表達豐富的思想內容，增強語言的氣勢，提高語言的表達效果。排比具有整齊勻稱的形式美，運用得當，能增強語言的表現力。

【誇張】　修辭方式的一種。指為了達到某種表達效果，對事物的形象、特徵、作用、程度等方面著意誇大或縮小的修辭方式。一是誇大誇張，從大、多、高、深、強等方面對事物特徵加以誇大，如唐代詩人李白的《蜀道難》中"蜀道之難，難於上青天"；二是縮小誇張，從小、少、低、弱、淺等方面對事物特徵加以縮小，如中國現代作家魯迅的《藥》中"一個渾身黑色的人，站在老栓面前，眼光正像兩把刀，刺得老栓縮小了一半"；三是超前誇張，在時間上把後出現的事物提前一步的誇張形式，如"農民們都說：'看見這樣鮮綠的麥苗，就嗅出白麵包子的香味兒來了。'"

【頂真】　修辭方式的一種，又稱頂針、聯珠。以上文結尾處的詞語或句子作為後文的起頭，使前後語句或段落頭尾蟬聯，上下傳接。頂真可分直接頂真和間隔頂真兩種。前者即頂真部分無其他詞語間隔，後者即頂真部分有其他詞語間隔。頂真能更好地反映事物的必然聯繫，使語氣連貫，音律流暢，結構嚴密，像鎖鏈一樣，環環相扣。頂真和層遞相似，但並不一樣。頂真反映事物的連鎖關係，層遞標誌事物的層次；頂真要求形式上的上下頂接，層遞要求內容上的漸升或漸降。

【層遞】　修辭方式的一種。用三個或三個以上結構相似、字數大體相等的語句，把意思層層推進地表現出來。層遞可分遞升和遞降兩種情況。遞升，指列舉的事物及情理由小而至大或由淺而至深；遞降，順序正相反。層遞是為使語言環環緊扣，形成一種漸層美，使認識逐步深化，印象逐步加深。各層意思之間，往往體現出先後、遠近、輕重、大小的順序。

【婉曲】 修辭方式的一種。用委婉、曲折的說法表達本意，又稱諱飾、避諱、委婉。運用婉曲，要儘量表意明確，使人能很快領會，不要隱晦、模糊，讓人摸不著頭腦。

【迴文】 修辭方式的一種，又稱迴環。利用相同語句迴環往復以表現兩事物的相互關係，形式上常表現為詞語相同而語序相反。如"生產促進科學，科學促進生產"。迴文，能簡潔、精闢地反映事物間的有機聯繫，闡明事物間相輔相成、互為依存的辯證關係，形式上整齊勻稱，形成一種循環往復的情趣。迴文和頂真均是頭尾相連，但迴文是從甲到乙、從乙到甲的迴環往復，頂真則是從甲到乙、從乙到丙的順次相連，而且迴文通常是兩個語言片段，頂真則不限於兩個。

【互文】 修辭方式的一種。上文中省了下文出現的詞，下文中省了上文出現的詞，參互成文，合而見義。互文的特徵是"文省而意存"。互文多用在詩歌中，因其能夠適應詩歌語言簡練、句式整齊、聲律和諧的要求。散文中互文則往往出現在結構相似的語句中。常見的互文類型有：（1）同句互文，即同一個句子中出現的互文，如"秦時明月漢時關"，指的就是秦漢時的明月照著秦漢時的關塞。（2）鄰句互文，即相鄰的句子中出現互文，如"將軍百戰死，壯士十年歸"，指的就是將軍和戰士有的戰死了，有的歸來了。（3）排句互文，即互文的句子在兩句以上，且互相滲透和補充，共同表達完整的意思，如“東市買駿馬，西市買鞍韉，南市買轡頭，北市買長鞭”，指的就是到各處街市備辦鞍馬等戰具，而非一處地方買一樣東西。（4）隔句互文，即兩句互文之前有其他句子相隔的互文句式，如“十旬休假，勝友如雲；千里逢迎，高朋滿座”，其中“十旬休假”和“千里逢迎”是隔句，“勝友如雲”和“高朋滿座”是互文。

【反問】　修辭方式的一種。用問句的形式表示確定的內容、堅決的態度。其特點是只問不答，答案寓於反問句的反面。表面是否定的，實質是肯定；表面是肯定的，實質是否定。反問句比起一般的陳述，語氣要重，意思要鮮明，感情要強烈，所以，反問句往往用在重點處或關鍵處。

【設問】　修辭方式的一種。自己有明確的看法，卻故意提出疑問，接著由自己回答。設問便於引出下文，突出文章的主旨，引起讀者的注意。設問的形式多種多樣，常見的有以下幾種：（1）直接提問，立刻作答。（2）列舉設問，即先集中提出問題，然後加以回答。（3）連續設問，即提出問題，回答問題，再提出問題，再回答問題。有的設問，只提出問題而不直接回答，意在引起人們的深思警悟。

【反覆】　修辭方式的一種。指為了強調某種意思、突出某種情感，特意重複使用某些詞語、句子或者段落等，包括詞語的反覆、句子的反覆和語段的反覆。不同於排比，反覆是為了強調某個意思或突出某種情感而重複使用某些詞語或句子，所要表達的側重點在重複的詞語或句子上；而排比則是把結構相同或相似、內容相關、語氣一致的三個或三個以上的短語或句子排列起來使用，側重點不在相同的詞語上。

【用典】　修辭方式的一種，多見於詩歌中。引用古籍、前人的語句、詩詞文句、神話傳說、歷史故事，用以抒情言志。南朝文學理論家劉勰在《文心雕龍》裏詮釋"用典"，是"據事以類義，援古以證今"，即是以古比今，以古證今，借古抒懷。用典既要師其意，還需於故中求新，更需令如己出，而不露痕跡，所謂"水中著鹽，飲水乃知鹽味"，方為佳作。

【成語】　熟語（固定的詞組）的一種，是語言在長期使用過程中凝結而成的一種固定短語，在漢語中多由四個字組成。成語結構多樣，來源不一。如"愚公移山""毛遂自薦"是主謂結構，"近水樓台""依依不捨"是偏正結構，"魯魚亥豕""登峰造極"是並列結構。有些成語可以從字面上理解，如"守株待兔""四面楚歌"等。

【俚語】　熟語的一種，也叫俚言，是民間流行的通俗語句，帶有方言性。如北京話中的"開瓢兒"（打破了頭）等。

【歇後語】　由兩個部分組成的一句話，前一部分像謎面，後一部分像謎底，通常只説前一部分，而本意在後半部分。如"泥菩薩過江——自身難保"。

【術語】　各門學科中的專門用語。每一個術語都有嚴格規定的意義。如文學中的"情節""主題"，政治經濟學中的"商品生產"，化學中的"分子""分子式"等。

【借詞】 從別種語言裏吸收過來的詞語，也叫外來詞。漢語裏的外來詞，有譯音的，如“沙發”“夾克”；有譯音加表意成分的，如“卡片”“芭蕾舞”；有半譯音半譯意的，如“浪漫主義”“冰淇淋”；有直接借用的，如“場合”“手續”等。

【摹聲詞】 摹仿自然聲音構成的詞，也叫象聲。如摹仿流水聲的“潺潺”，摹仿蟋蟀叫聲的“唧唧”。

【實詞】 表示實在的意義，能夠作短語或句子的成分，能夠獨立成句的。現代漢語的實詞包括名詞、動詞、形容詞、區別詞、數詞、量詞、副詞、代詞以及擬聲詞、歎詞。

【虛詞】 一般不表示實在的意義，不作短語或句子成分的詞，它們的基本用途是表示語法關係。現代漢語的虛詞包括介詞、連詞、助詞、語氣詞。

【格言】 熟語的一種。語言中形式比較固定，言簡意賅，帶有一定教育意義的語句。大部分格言來自個人著作。例如“人定勝天”表示戰勝自然的堅定信心，這句格言出自南宋文學家劉過《襄陽歌》中的“人定兮勝天”。

【方言】 一種語言的地方變體，是語言分化的結果，在語音、詞彙和語法上各有其特點，如漢語的閩方言、粵方言等。方言經過不斷發展，在一定條件下還可能發展為獨立的語言。在民族語言中，方言常常隨著共同語影響的擴大而趨於消失。

【警句】 又叫警策或精警。用最精練、最有力而又含義深切的語句，精確、概括、透闢地說明一個道理。如魯迅所說："從噴泉裏出來的都是水，從血管裏出來的都是血。"又如唐代文學家韓愈《原道》中有："不塞不流，不止不行。"

【陳述句】 用來敘述和說明某個事實的句子。其基本用途是陳述，也即對事物作出判斷、敘述或描寫。如"這是昆明湖。"（判斷）"那邊過來一隻船。"（敘述）"秋色更濃了。"（描寫）陳述句的句尾語調是平直的，書面上用句號標示。

【疑問句】 有疑問或猜測的語氣，提出問題詢問對方的句子。其基本用途是提出問題表示疑問。有特指疑問句、是非疑問句、選擇疑問句、正反疑問句。如"這是誰的書？"（特指疑問句）"你已經答應他了？"（是非疑問句）"你去呢，還是我去呢？"（選擇疑問句）"你去不去呢？"（正反疑問句）疑問句句尾的語調一般是上揚的，書面上用問號標示。

【祈使句】 表示請求、命令、勸告、制止、催促等的句子。它表示要對方做什麼或不做什麼，這種作用即是祈使。其句尾常用"吧""啊""了"等語氣詞，句尾語調一般下降，書面上常用歎號或句號。

【感歎句】 表示某種情感的句子，抒發說話人喜悅、憤怒、驚訝、悲痛、厭惡、恐懼等感情。句尾常用語氣詞"啊""呀"等，句尾語調一般是下降的，書面上用歎號標示。

【描寫】 創作的基本手法之一。指作者對人物、事件和環境所作的具體描繪和刻畫。描寫手法的運用，以表達作品主題和突顯人物性格為目的。按描寫對象可分為人物（包括心理、肖像、語言、行動）描寫、環境描寫、細節描寫等；按描寫方式可分為概括描寫、直接描寫、間接描寫等；按描寫風格可分為白描、細描等。作家一般綜合使用描寫、敘述等方法來塑造形象。

【概括描寫】　描寫手法之一。通常指對人物儀表、風度、年齡、身份、經歷、性格特徵等方面進行全面而簡要的描述。描寫時一般在主要人物出場和情節展開以前，向讀者作一個總的介紹或說明，給人留下一個大概的印象。這種描寫手法，有的是對描寫對象作抽象的說明，有的是對描寫對象作概括的具體描述。

【直接描寫】　描寫手法之一，又稱正面描寫。指文學創作中作者以敘述人的身份，通過自己的觀察，直接對描寫對象（人物、事件、環境）所作的刻畫。這種手法的運用，可使讀者直接感受到所描寫的對象，猶如身臨其境，如見其人，從而加深讀者的印象和了解。正面描寫是文學創作的主要描寫手法，是與側面描寫相對而言的。

【間接描寫】　描寫手法之一，又稱側面描寫，指作者通過對與描寫對象有關的人、事、物進行刻畫描繪，達到表現對象本體的目的，使其鮮明突出。它常用於描寫其他人物，以起到從側面烘托特定人物的作用。如中國現代作家魯迅的《藥》通過小茶館裏客人的閒談，勾勒未出場的革命者夏瑜的形象。側面描寫一般與正面描寫結合，往往不需多費筆墨即可收到顯著的藝術效果。這種描寫手段，習慣上也稱為烘托法或烘雲托月法。

【**側面描寫**】 又叫間接描寫，採用烘托、襯托的手法，描寫對象周圍的事物，使對象更為鮮明、突出的描寫方法，與正面、直接的描寫相對而言。常見方式有用景物烘托、藉助他人的反應、用其他人物對比等。側面描寫多用於描寫人物，寫景、狀物也可採用類似方式。

【**環境描寫**】 描寫手法之一。是對人物生活的一定時代的社會環境和具體活動場所的描寫。分社會環境描寫和自然環境描寫兩種。前者指對一定地方、一定人群的風俗習慣、生活方式和社會關係的描寫，一般稱為風俗畫；後者指對一定地方、一定範圍的風景、氣候、自然生態、歷史陳跡等的描寫，一般稱為風景畫。在一部完整的文學作品中，人物與環境是不可分割的。因此，環境描寫對於表現主題和人物、反映現實生活具有重要的作用。

【**細節描寫**】 作品中的人物性格、故事情節以及社會和自然環境等，是由許多細小的環節組成的。細節描寫，就是細緻入微、具體生動地描繪這些細節，藉以塑造人物、表現主題。細節描寫的特徵是"細"。它包括兩層意思：(1)必須是生活中細小的事物。(2)對它的描寫必須細膩。這樣的細節描寫才能給人留下深刻的印象，才能感人、動人。好的細節之所以富有表現力，是因為它雖細小，卻能真實地反映生活的本質。

【**場面描寫**】 對在一個特定時間、特定場所裏眾多人物進行活動的總情景的描寫。可分為情景氣氛為主的場面和人物活動為主的場面，前者如歡騰、興奮、激動、喧鬧、緊張、壯觀、驚險、悲憤等等，後者如歡迎、學習、勞動、戰鬥等等。分析敘事性文學作品中的場面描寫，是為了探究作者如何截取故事情節或生活中的一個橫斷面，集中地揭示人與人之間的關係。分析抒情散文中的場面描寫，還需要探究作者怎樣通過場面描寫來表露自己的種種心境。

【人物描寫】　是對人物的肖像、行動、語言和心理等方面的刻畫。通過人物描寫來塑造人物形象，揭示人物的性格特徵和精神面貌。在多種人物描寫的方法中，語言描寫、行動描寫和心理描寫是最基本的。在描寫人物時，幾種描寫方法經常相結合運用，或分散，或集中，手法可以靈活多樣。

【肖像描寫】　人物描寫的一種手法。是指通過對人物外貌特徵（容貌、形體、姿態、表情、服飾）的描寫和刻畫來揭示人物內心活動和性格特徵的一種方法。除了在人物出場時描寫外，還可在情節發展中反覆點染、逐層描寫。如中國現代作家魯迅在小說《祝福》中對祥林嫂所作的多次肖像描寫，特別是對祥林嫂眼神變化的描寫，深刻地表現了她內心發生的變化和悲慘的命運。肖像描寫的技法很多，包括靜態和動態的描寫，既可作工筆畫式的細描，也可作簡筆式的白描，均可達到以形傳神的藝術效果。

【心理描寫】　小說創作中揭示人物內心世界的藝術手法。只描寫人物的外在活動（語言和行動），而不揭示與人物的言行相吻合的心理活動，便不能真實地表現人物的精神世界。所以心理描寫是塑造典型形象的重要方法。心理描寫通常有直接表現法和間接表現法兩種方式。前者如內心獨白、內心對白、自我分析、沉思默想以及作者對人物心理的直接剖析和描繪；後者往往藉助某種景物、事件或人物的表情、動作，以烘托人物的內心活動乃至細微的感受。

【行動描寫】　人物描寫的一種方法。對人物個性化的行為、動作的描寫。一般地説，行動是人物思想感情、道德品質和性格特徵的具體表現。行動描寫是描寫人物的重要手法，對於推進故事情節的演進具有重要作用。優秀作家總是善於選擇符合人物身份、最能體現人物本質特徵的行動進行描寫，不僅寫出人物做什麼，而且寫出人物怎樣做、怎樣與眾不同地做。這樣，才能顯示人物的內心世界，突顯其性格特徵，使人物形象栩栩如生。行動描寫可分為全局行動描寫和局部行動描寫，前者指對構成情節主要因素的行動描寫，如將人物置身尖銳矛盾衝突和特定環境中表現人物性格，後者指對構成細節因素的行動描寫，又稱動作描寫，有助於表現人物的個性、習慣、愛好、職業等等。

【語言描寫】　語言描寫是塑造人物形象的重要手段。語言描寫包括人物的獨白和對話。獨白是反映人物心理活動的重要手段。對話可以是兩人對話，也可是幾個人相互交談。描寫人物的語言，不但要求做到個性化，還應體現出人物説話的藝術性。成功的語言描寫能鮮明地展示人物的性格，生動地表現人物的思想感情，深刻地反映人物的內心世界。

【白描】　源於古代的"白畫"。是一種純用墨線、不著顏色來勾描物象的國畫技法。在文學創作中泛指一種描寫手法，即用最簡練的筆墨，不加渲染、烘托，不用華麗辭藻，勾勒出鮮明生動的人物和事物的形象。其特點是抓住被描寫的對象的主要特徵，寥寥幾筆，形神畢肖，不求細膩，而求傳神，不講究描繪背景，而強調突出主體，不追求濃烈色彩，而崇尚樸素自然。白描是我國文學創作的傳統手法之一。

【細描】 描寫技法之一，指用細膩的筆觸詳盡描繪人物和事物，注重渲染和鋪陳。細描的特點在細，但也並非面面俱到。

【敘述】 文學創作的基本藝術手法之一。指作者對人物、事件、環境所作的概括的介紹、說明和交代。作家一般綜合地使用描寫、敘述等手法來塑造形象。以敘述代替描寫，會削弱作品的形象性，只有描寫而無敘述，會使作品支離鬆散而不能把描寫的各個方面連成一個整體。小說中交代背景、轉換場面、展開情節、聯結對話、展示時代變化等等，都需要藉助敘述。小說的敘述有其獨特的要求和規律，不同作家則有各自運用敘述的獨特之處。運用敘述，需根據主題需要，確立敘述的角度、人稱、基調、節奏和密度，安排好順敘、倒敘、插敘、補敘等，還要合理安排好敘述與描寫、抒情、議論等表現手法的關係。

【敘述人稱】 作者敘述故事時的稱謂。在小說中常見的敘述人稱有第一人稱 "我"，第二人稱 "你" 和第三人稱 "他"，以及它們的某些複數。敘述人稱和敘述視角有一定關係，但敘述視角更複雜多變。

【第一人稱】 文學創作中敘述、描寫的一種方式。指以第一人稱 "我" 的角度，描敘人物、場景，抒發感情。這個 "我" 可以是作者自己，也可以是作品中的虛構人物。第一人稱在抒情性文學作品中最為常見，小說等敘事性文學作品中也常運用，如中國現代作家魯迅的《狂人日記》就是第一人稱敘述。這種描敘方式的優點是顯得親切、真實、自然，易於表現作者的思想感情，剖析主人公"我"的內心活動。缺點是局限於"我"或"我們"的所歷、所見、所聞，不利於廣泛而多方面地反映社會生活。

【一重第一人稱】 第一人稱的一種。作品中的"我"自始至終都是一個人物，也是故事的講述者。如中國現代作家魯迅的小說《故鄉》中的"我"。

【雙重第一人稱】 第一人稱的一種。敘述者雖然始終是"我"，這個"我"卻是先後兩個人而非一個人。如余華小說《活著》中第一個"我"是民間採風人，第二個"我"則是真正的主人公"福貴"。雙重第一人稱的第一個"我"的敘述，可以相當於作品的序幕，為作為主體部分的第二個"我"的敘述展開做好準備。第一個"我"的敘述也可以作為作品的主體部分，而第二個"我"的敘述則作為主體以外的部分，充當補充。

【多重第一人稱】 第一人稱的一種。敘述者"我"前後不是一個人或兩個人，而是三人以上。如十九世紀法國小說家小仲馬的《茶花女》，第一個"我"是故事敘述者，第二個"我"是瑪格麗特的情人阿爾芒，第三個"我"是小說主人公瑪格麗特，第四個"我"則是最後留在瑪格麗特身邊的朱麗。多重第一人稱既能保留第一人稱的長處，也可克服第一人稱的某些局限，有利於故事情節和人物心理互相補充照應，多角度立體展示人物性格。

【第二人稱】　文學創作中敘述、描寫的一種方式。指以第二人稱"你""你們"的角度進行人物、場景的描敘或是抒發感情。常由"我"向對方（"你"或"你們"）作某種敘述或傾談，此角度便於滿足特定的抒發感受的需要，但並不常用。第二人稱的運用，有時候是部分地運用"你"的稱謂，有時候則是通篇用"你"貫穿到底。

【第三人稱】　文學創作中最常見的一種敘述、描寫的方式。指作者以第三者的身份和口吻，進行人、事、環境等的描敘。這種角度較第一人稱更自由、靈活，不受時空的限制，便於塑造人物、表現廣闊的生活畫面。如中國現代作家老舍的《駱駝祥子》、中國現代作家錢鍾書的《圍城》等等都是第三人稱敘述。第三人稱尤其適合寫大場面、群像、錯綜複雜的關係，適合於做客觀冷靜的白描。

【順敘】　敘述手法之一，有時也稱正敘。指按照事件發展時間的先後順序來安排材料、鋪展情節和刻畫人物。採用順敘手法使讀者容易把握事件發展的來龍去脈和人物性格發展的過程。

【倒敘】　敘述手法之一，有時也稱逆敘。指不按時間先後順序，把故事的結局或事件中最突出、最動人的片段先行提出，然後再按事件發展的時間順序來敘述，以求引起懸念，或使故事情節波瀾起伏，增強藝術效果。

【插敘】　敘述手法之一。指作家敘寫主要情節時，暫時中斷順序線索，插入描敘一些與主要情節相關的事件，作為情節的補充。插敘的內容吻合表現主題的需要，或回憶過去、追述往事，或對事件、情況加以補充和解釋等。其作用是使作品內容豐富充實、波瀾起伏、曲折迴旋。

【夾敘夾議】 在記敘的過程中，作者有時要發表個人見解，進行議論。這種敘中有議，敘議結合的表達方式叫夾敘夾議。常見"敘"為主體，"議"為"敘"中之精華。成功的議論，往往可以起到抒發感情和深化內容的作用。如中國現代作家巴金的小說《家》中，時常出現夾敘夾議的段落，表達出深刻的思想，激發讀者內心的共鳴。

【敘述視角】 又稱敘述聚焦。敘述語言中對故事內容進行觀察和講述的特定角度，視角又稱視點。敘述視角的選擇關係到作品全局。只有有了恰當的敘述視角，作者才能站在一定角度，運用一定的語調敘述故事、描繪場面、刻畫人物、表達思想。根據作品中人物和敘述者的關係，敘述視角可分為全知敘述視角、限知敘述視角和純客觀敘述視角三種：（1）全知敘述視角指敘述者無所不在、無所不知，既知道人物外部動作，又了解人物內心活動，即法國當代文藝理論家托多羅夫所說的"敘述者＞人物"，法國當代文學批評家熱奈特稱其為"零聚焦"。（2）限知敘述視角指敘述者與人物知道的同樣多，人物沒有找到事件的解釋之前，敘述者無權提供，即托多羅夫所說的"敘述者＝人物"，熱奈特稱其為"內聚焦"。（3）純客觀敘述視角指敘述者比任何一個人物知道的都少，僅僅敘述某些人物所看到的和所聽到的，即托多羅夫所說的"敘述者＜人物"，熱奈特稱之為"外聚焦"。在作品中，敘述視角並非一定是一成不變的，作者也可以根據需要靈活轉換敘述視角或綜合運用多種視角。

【敘述基調】 作者藉助於富有個性的語調以及特定的語言色彩、氣勢、節奏等各種語言材料所顯示出來的基本格調，它是作品語言風格的外化。優秀作品往往在開頭就表現出某種敘述基調，並始終以這種基調敘述下去，而在這一基本的敘述格調中，又能呈現出各種變化。

【敘述節奏】 節奏原為音樂術語。敘事文學中的敘述節奏指敘述者敘述生活事件的快慢頻率，也包括由於結構安排而造成的形式上的律動。作者可以根據主題表達、情節展開或人物塑造的實際需要，放慢或加快敘述節奏。在小說中，根據敘述時間和故事時間的不同關係，故事會呈現不同節奏。

【故事時間與敘事時間】 敘事學的重要概念。故事時間是故事發生的自然時間狀態，敘事時間則是在敘事文本中具體呈現出來的時間狀態。前者是閱讀過程中讀者根據日常生活邏輯重建的，後者則是作者經過對故事的加工改造而提供給讀者的現實的文本秩序。兩者長短不一，可以衍生出四種情況：一是故事時間遠長於敘事時間，如一個長故事被壓縮為幾個簡短的句子，稱為概述；二是故事時間等於敘事時間，即為場景；三是敘事時間為零，即敘述者並未直接講某個故事，但我們可從文本邏輯中推論出來，可稱為省略；四是敘述時間長於故事時間，即短短的一段故事被敘述者無限拉長，可稱為停頓。對故事時間與敘述時間長短的不同處理，可以使故事呈現出不同的節奏。

四、語言與風格

【文學語言】 文學作品反映社會生活、塑造藝術形象所使用的手段，也即詩歌、小說、散文、戲劇文學等的語言。它是在日常口頭語言基礎上，經作家加工提煉而形成的。文學是語言的藝術，無論是藝術構思還是傳達都離不開語言。文學語言可分為韻文語言和散文語言。在敘事性文學作品中，語言可分為人物的語言和敘述者的語言。

【小說的語言】 構成小說作品形式的要素之一，由人物的語言和敘述者的語言構成。人物的語言指小說中人物的對話和獨白。對話是人物之間的談話，獨白是人物的自言自語。有的獨白並不說出，稱內心獨白，屬心理描寫。無論是對話或獨白，都要求語言具備個性化的特徵。人物的語言對於人物性格的表現具有重要作用，是刻畫性格的主要手段之一。它要求作者根據不同人物的階級、職業、經歷、生活習慣、思想情感和精神狀態，選擇富有個性特點的語言，去表現不同人物的性格。敘述者的語言是作者敘述故事、塑造人物、描寫環境、發表議論、抒發情感時使用的語言。敘述者的語言有各種不同的表現形式，在第三人稱作品中，敘述者不是作品中的人物，而是作為第三者從旁敘述，描寫人物和場面、剖析人物心理；在第一人稱作品中，敘述者是出現在作品中的一個人物，可能是作者自己，也可能不是作者自己。敘述者語言和人物語言，在作品中是交織融合在一起的，但敘述者語言一般居於主導地位，人物語言多受到敘述者語言的影響和制約。

【戲劇語言】 劇本的基本材料。戲劇語言不同於小說、散文的語言，也不同於詩歌的語言。較之前者，它更像詩，即使是散文寫成的劇本，其語言也應該是詩化的；較之後者，它更具有小說的描繪性、通俗性、口語化、個性化特色。其特點一是富有動作性，能表現人物的意願和意志；二是性格化，即人物語言要符合人物性格；三是詩化，並非要寫成韻文，而是要寫得情感充沛，形象化而又精煉生動，含蓄有味，富有節奏感。

【語言個性化】 是小說、戲劇、電影文學創作中最基本的審美要求。它包括了敘述者語言的個性化和人物語言的個性化。前者指的是作品的語言風格，是作家創作個性的重要表現，是創作成熟的標誌之一；後者指的是人物的語言要符合人物的身份、教養、經歷、習慣，要能透露出人物的社會地位、思想觀點、職業特點、心理狀態、性格特點，產生"聞其聲如見其人"的藝術效果。

【語言大眾化】 又稱語言群眾化。它是文藝作品能使廣大讀者喜聞樂見的重要品性之一。群眾的語言是新鮮活潑、生動感人而最富於表達力的。運用群眾的語言，反映群眾的生活，表達群眾的感情，是文藝作品適合群眾的欣賞習慣、滿足群眾的審美要求的必要條件。作家能否掌握和運用群眾的語言，關鍵在於能否真正了解和熟悉群眾。

【台詞】 戲劇名詞。劇中人物所說的話，包括對白、獨白、旁白等。主要用來刻畫人物、交代關係、展示劇情、表達主題思想。通常要求台詞要通俗易懂、精煉深刻、朗朗上口、富有動作性，能體現人物性格特徵。戲曲的台詞包括唱詞和話白。

【獨白】 戲劇名詞。戲劇角色的自言自語、自我介紹或內心獨白。中國傳統戲曲的獨白中有一種叫定場白，指戲曲中的角色初次上場唸完引子和定場詩後所唸的一段台詞，內容多介紹人物的姓名、籍貫、身世，或説明人物當時的處境和心理。

【潛台詞】 戲劇術語。它是 "弦外之音" "話裏的話"，是一種沒有直接説出來的台詞。它是戲劇語言中容納人物情感最豐富、最深沉、最含蓄的語言部分。不同於觀眾聽到的台詞，潛台詞需要觀眾用心去品味。俄國戲劇大師斯坦尼斯拉夫斯基指出，潛台詞就是角色明顯的、內心感受到的人的精神生活，它在台詞底下不斷流動，隨時賦予台詞以實在的依據，賦予台詞以生命。

【風格】 作家、藝術家在創作中所表現出來的藝術特色和創作個性。作家、藝術家由於生活經歷、立場觀點、藝術素養、個性特徵的不同，在處理題材、駕馭體裁、描繪形象、運用表現手法和語言等方面都各有特色，這就形成了作品的風格。風格體現在文藝作品內容和形式的各種要素中。個人的風格是在時代、民族、階級風格的前提下形成的，而時代、民族、階級的風格又通過個人的風格表現出來。

【文風】 使用語言文字的作風。它不僅關乎語言表達和文字運用，也是一定時代、民族的思想觀念和思想方法在語言文字運用中的反映。不同時代、民族和階級的人往往會有不同的文風，有時同時代、同民族和同階層的人也會有不同的文風。一般來說，表現在內容上，文風可以是真實與虛假、充實與空洞、新鮮與陳腐等，表現在形式上，文風可以是新穎與陳舊、質樸與浮華、精當與冗長等。語言文字準確、生動、鮮明，是良好文風的基本要求。

【作品風格】 文學作品的思想內容和藝術形式和諧統一所形成的風貌特徵。"風格即人"，是作者與眾不同的創作個性在文章中的反映。它表現在題材的選擇、主題的提煉上。一系列文章的風格又表示著一個作者獨特的創作風格，如魯迅的一系列雜文就表示出其雜文創作尖銳、潑辣的戰鬥風格。對於風格的形成，時代、社會、階級、民族有決定性的影響，但更直接的是由作者個人的思想立場、生活道路、審美理想、文化素養、個性氣質所決定的。作品風格，可從思想內容角度區分，如雄渾、豪放、曠達、含蓄、深沉、明快、尖銳等等；也可從藝術形式角度區分，如簡約、繁豐、平淡、絢爛、謹嚴、疏放等等。但無論從哪種角度區分，都兼有思想內容和藝術形式兩方面的因素，單是一個方面的因素不能形成一種文章風格。分析文章和作品的風格是鑑賞文章和文學作品的重要方面，它有助於深化讀者對具體作品和作家的認識、理解，有助於豐富讀者的思想情操和審美能力，對於讀者在寫作上形成自己獨特的風格也很有影響。

【個人風格】 指作家、藝術家在長期創作實踐中形成的相對穩定的創作個性和藝術特色。由於作家、藝術家在世界觀、生活閱歷、審美理想、藝術修養等各方面的不同，其在認識生活、運用藝術手段和表現手法方面各具特色，通過長期不懈的實踐使這種特點逐漸穩定進而形成一定的個人風格。它受到時代、民族風格的制約，時代民族風格又通過具體的個人風格表現出來。

【時代風格】 一定歷史時期所形成的藝術家和藝術作品的總的思想藝術特徵。它受到特定歷史時期的社會生活、佔主導地位的審美需要和審美理想的影響，在作品的形式和內容上會表現出該時代的某些共性。如中國文學史上的建安風骨代表的即是建安時期的時代風格。

【民族風格】 某一民族的藝術家和藝術作品所共有的某種思想藝術特色。它是某民族特殊的物質生活環境、文化傳統、民族心理和語言等因素在藝術風格形成過程中表現出的民族共性。它具有較強的穩定性和繼承性，深刻影響著該民族的藝術家和作品的風格。越是民族風格鮮明，越能為本民族群眾喜聞樂見，也就越具有世界意義。

【流派風格】 屬於同一流派的藝術家在總的傾向上所具有的共同思想藝術特色。它不是不同藝術家個人風格的總和，而是在該流派代表人物風格的主導影響下，不同藝術家各自風格相互融匯和影響的結果。它是形成和鞏固藝術流派的重要因素，但它也不應成為藝術家各自個人風格的束縛。當藝術家的個人風格禁錮在某種流派風格中，該流派的生命也將隨之終結。

【地方色彩】 文藝作品中著重描繪某一地區特有的社會習尚、風土人情，以至適當採用方言土語等等，而形成的一種藝術特色。在作品中適當地帶有地方色彩，有助於形象地描繪，能更生動地反映該地區的社會生活，增強作品的藝術感染力。

【鄉土味】 某些作家、藝術家在作品中描寫自己故鄉的風土人情形成的特殊風格。表現在人物性格和語言、風俗習慣、自然環境等方面別具一格的描繪上。

【婉約派】 宋詞的一大流派。它上承晚唐五代綺麗詞風，多寫男女豔情、離愁別緒、個人遭遇，婉轉纏綿，曲盡人意；語言清麗含蓄，細膩熨帖；形式上講求音律，遣詞造意，曲折蘊藉。北宋詞人多屬此派，影響很大。前人論詞，多奉“婉約詞”為正宗。其代表作家，北宋有晏殊、歐陽修、柳永、秦觀、周邦彥等，南宋有姜夔、史達祖、吳文英、周密、張炎等。

【豪放派】 宋詞的一大流派，與婉約派相對。蘇軾為豪放派的鼻祖。他突破“詞為豔科”的藩籬，凡懷古、感觸、抒志、詠史、寫景、記遊、説理、贈別等內容，皆舉以入詞，又不拘於聲律，作品氣象闊大，意境清新高遠，風格豪邁奔放，有橫絕六合、掃空萬古之勢，給人以積極向上的力量。南宋時，民族危亡，詞人多尊奉蘇軾，以豪放之詞抒寫愛國激昂之情。其中辛棄疾最為卓越，故歷來“蘇辛”並稱。其他重要作家有葉夢得、張元幹、張孝祥、陸游、陳亮、劉過、劉克莊、劉辰翁等。他們繼承發揚蘇詞的傳統，擴大詞的題材，意境雄奇闊大，風格沉鬱悲涼，悲歌慷慨，抒發愛國情懷。

【文學風格的類型】 文學風格類型多樣，按不同分類方式有多種不同類型。西方古代傾向於三分法，古希臘哲學家安提西尼曾把風格分為崇高的、平庸的和低下的三種。十九世紀德國哲學家黑格爾則按照自己的審美理想，區分出嚴峻的風格、理想的風格和愉快的風格。中國古代的簡分法是將風格分為"剛"和"柔"兩類，也有"虛"與"實"以及"奇"與"正"等二分法，以剛柔說影響最大。清代桐城派代表人物姚鼐曾指出，陽剛之美美在剛勁、雄偉、浩大、濃烈、莊嚴；陰柔之美美在柔和、輕盈、幽深、淡雅、高遠。前者是壯美，後者是優美。不同於中國古代按照主觀直覺的分類法，現代風格的分類趨向客觀科學。中國現代語言學家陳望道曾把風格分為四組八種，一是由內容和形式的比例，分為簡約和繁豐；二是由氣象的剛強和柔和，分為剛健和柔婉；三是由言語辭藻的多少，分為平淡和絢爛；四是由檢點功夫的多少，分為謹嚴和疏放。他同時也指出，這些風格類型都是極端，介於兩者之間或者多種風格兼而有之的情況比較多見。中國當代文藝理論家童慶炳則是根據八卦的模式把風格分為八組十六種，即簡潔與豐贍，平淡與絢麗，剛健與柔婉，瀟灑與謹嚴，雄渾與雋永，典雅與荒誕，清明與朦朧，莊重與幽默。

【崇高】　作為美學範疇之一，也稱壯美或偉大。崇高的對象一般具有巨大的力量、驚人的威力和粗獷的形式，其審美效果是使人驚心動魄，由痛感向快感轉換，從而在精神上得到提高和昇華。作為一種藝術風格，崇高的主要特點是以飽含激情、恢宏雄偉的藝術形式表現高尚的理想，從而使人驚心動魄、肅然起敬。

【優美】　作為美學範疇之一，指狹義的美。一般在細小、嬌嫩、溫柔的對象上體現，形式上表現為平靜、和諧、穩定，給欣賞者以寧靜、和諧和直接的審美愉悅。作為一種藝術風格，其特點在於以輕鬆、靈活、優雅的藝術形式，細緻入微地描繪小巧、溫柔的對象，給讀者以賞心悅目、心曠神怡的感受。

【滑稽】　作為美學範疇之一，它常常以內容和形式，現象與本質間的不協調和荒唐悖理引人發笑，進而達到對對象的某種否定。作為一種藝術風格，其主要特點是寓莊於諧，以輕鬆愉悅、引人發笑的方式巧妙解釋嚴肅莊重、發人深省的思想。它主要通過揭露和否定那些滑稽可笑的事物使人警醒，從而拋棄那些不嚴肅、荒唐可笑的東西。

【幽默】　作為美學範疇之一，它主要以內容和形式、現象與本質間的矛盾可笑來表現真理、智慧和美。在文學藝術中常用比喻、雙關、反語、誇張等藝術手法表現出來。作為一種藝術風格，其主要特點是以一種風趣的方式表現，比較含蓄委婉，可以引人會心微笑，使人在輕鬆愉快和反覆回味中受益。不同作家、藝術家的幽默也有差異。如林語堂的幽默是在俏皮與正經之間的閒適，魯迅的幽默則顯得冷峻、深沉、犀利。

【詼諧】　藝術風格之一種。其特點在於通過風趣、輕鬆、戲謔、引人發笑的語言進行嘲諷或表達一定寓意。它接近於幽默風格，但主要表現在語言藝術中。清代文學家李漁指出"於嬉笑詼諧之處，包含絕大文章"，若詼諧而無實義，則流於油滑，不甚可取。

【怪誕】　藝術風格之一種。其特點在於藉助不尋常的新奇形式表現怪異事物或奇特思想，給人以荒誕離奇的審美感受。神話、志怪小說、傳奇故事常有此種風格。

【典雅】 我國古代美學特有的術語之一。指帶有書卷氣的莊重和優美，體現出古代文人超脫、崇古、恬淡的審美情趣。作為藝術風格，其特點在於尊崇古典格式，超脫塵凡俗氣，在莊重中顯出優美。

【悲壯】 藝術風格之一種。其主要特點在於表現令人悲哀的事情卻不低沉傷感，而是情緒激昂、格調高亢、催人奮進。在表現英雄人物的悲劇藝術和悲劇性作品中體現得尤為明顯。

【綺麗】 藝術風格之一種。其主要特點是鮮豔美麗。綺麗有兩種，一種是與內容相稱的，另一種則是用華麗的辭藻掩飾內容的空虛。

【空靈】 藝術風格之一種。其主要特徵是以清新雋永、變化縹緲的形式書寫寧靜淡泊、超凡脫俗的心境，形成只可意會、不可言傳的韻味。提倡空靈風格的美學理論，在提高作品藝術性上有一定的積極作用，但內容上有脫離現實生活的傾向。

【清新】 藝術風格之一種。其主要特點是淳樸自然，淡雅清新。唐代詩人李白的"孤帆遠影碧空盡，唯見長江天際流"，還有"峨眉山月半輪秋，影入平羌江水流"，均如"清水出芙蓉"，透露出清新的風格。

【雋永】 藝術風格之一種。其主要特點在於藝術形式所表達的思想感情深沉悠遠、意味深長。講究言有限而意無窮，如餘音繞樑，不絕於耳。

第三部分　文學作品的體裁

一、詩歌
二、戲劇
三、小說
四、散文
五、其他

一、詩歌

【文學體裁】 又稱文學式樣或文學樣式。指各種文學作品的類別，如詩、散文、小說、戲劇文學等。在每一種文學體裁中，按作品體制長、短、大、小劃分，小說有長篇小說、中篇小說、短篇小說、小小說，戲劇文學有多幕劇、獨幕劇等。按作品的內容劃分，詩中有敘事詩、抒情詩等，戲劇文學中有歷史劇、現代劇等，散文中有雜文、報告文學、隨筆、小品等。文學體裁是人類長期藝術實踐的產物，是隨著社會生活的發展而不斷豐富、發展的。人們在反映社會生活、表達思想感情方面各具特點，因效能不同而形成不同的體裁。

【詩歌】 一種與小說、散文、戲劇並列，用高度凝練而有節奏的語言，集中地反映生活，抒發作者思想感情的文學體裁。具體地說，有如下特徵：（1）概括性，語言簡約而含義豐富深刻。（2）形象性，有豐富的想象和形象鮮明的意境。（3）抒情性，抒發的感情比其他作品更濃烈。（4）音樂性，詩節和語言有和諧優美的韻律。詩歌是人類最早創造出來的文學樣式。中國自古以來就詩歌發達，有“詩國”之稱，用白話寫的新詩則始於新文化運動和五四運動時期。新詩的類別，按有無情節可分為敘事詩、抒情詩；按有無格律可分為格律詩、自由詩；按語句排列形式可分為分節詩、階梯詩；按與其他文學樣式結合情況可分為民歌體、寓言詩、童話詩、散文詩。

【新詩】　也稱現代詩，與舊體詩相對而言，是新文化運動和五四運動中產生的新體詩歌。它採用現代口語寫成，不受傳統格律限制，生動活潑，押韻自由，形式大體上整齊，適合於表現現代複雜的社會生活和思想感情。區別於文言詩，新詩又稱為白話詩，包括自由詩和現代格律詩。在發展過程中，表現人民群眾思想感情的作品與傾向，逐步成為新詩的主流。有些作者借鑒外國詩歌的形式，結合中國古典詩歌和現代民歌的藝術特點，對新形式、新格律的創造作了探索。如中國現代作家徐志摩的《再別康橋》就是代表佳作。

【詩體】　詩歌的體裁。按內容分有抒情詩、敘事詩、說理詩。抒情詩通過抒發詩人的感受來反映社會生活，如唐代詩人杜甫的《春望》；敘事詩以敘事和寫人為主，通過較為完整的故事情節和人物形象的描述，來表達詩人的思想情感，從而反映社會生活，如杜甫的《羌村三首》；說理詩則側重講道理和發議論，如杜甫的《戲為六絕句》。按形式劃分，又有古體詩和近體詩兩類。古體詩即古代的自由詩，沒有一定的格律，一般分為四言詩、五言古體、七言古體、雜言體；近體詩是古代的格律詩，一般包括律詩（五律和七律）、絕句（五絕和七絕）、排律（五言排律和七言排律）等等。

【敘事詩】　詩歌的一種。有比較完整的故事情節和人物形象。如史詩、英雄頌歌、故事詩、詩劇等。如樂府詩中的《木蘭詩》《孔雀東南飛》。

【抒情詩】　詩歌的一種。通過直接抒發詩人的思想感情來反映社會生活，沒有完整的故事情節和人物形象。抒情詩因其內容的不同，分為頌歌、哀歌、輓歌、情歌等等。如唐代詩人杜甫的《望嶽》。

【散文詩】　以散文樣式寫成的詩。與散文相比，語言更凝練，內容跳躍性更大；具有抒情詩的意境，常在有限的篇幅內，蘊含豐富的哲理，飽含作者強烈的思想感情。如前蘇聯作家高爾基的《海燕》、中國現代作家魯迅的《秋夜》和《雪》，都是上好的散文詩作品。

【田園詩】　歌詠田園生活的詩歌。舊時代的某些詩人，不滿現實，退居鄉野，通過對自然景物的歌詠，流露出自己不願意同流合污的情緒。有的以謳歌靜穆、平和的田園生活來掩飾嚴酷的現實；有的則幻想回到單純、簡樸的古代生活中去，表現出隱逸避世的消極思想。如中國歷史上東晉時期陶淵明的一些詩篇曾被稱為田園詩的代表作。

【自由詩】　詩歌的一種。語言不講究格律，詩的段數、行數、字數也沒有固定的規格，但要有節奏，押大致相近的韻。美國詩人惠特曼為自由詩的創始人，中國五四運動以後，也流行這種詩體。

【史詩】　指古代敘事詩中的長篇作品。反映具有重大意義的歷史事件或以古代傳說為內容，塑造著名英雄的形象，結構宏大，充滿著幻想和神話色彩。如古希臘荷馬史詩《伊里亞特》和《奧德賽》。此外，較全面地反映一個歷史時期社會面貌和人們多方面生活的優秀敘事作品（如長篇小說），有時也稱為史詩或史詩式的作品。

【詩體小說】 敘事詩的一種，同時具有詩和小說的特點。它既有小說情節的完整性和人物性格的刻畫，也有敘事詩的鮮明特點，對所寫的人物和事件比一般小說有更強烈的抒情意味。作品採用分行排列的形式，具有詩的凝練、音韻和節奏。如十九世紀英國作家拜倫的《唐璜》和十九世紀俄國作家普希金的《葉普蓋尼·奧涅金》都是詩體小說。

【詩劇】 以詩的語言進行對話和獨白並展開戲劇衝突和情節的劇本。歐洲文藝復興時期以前的戲劇大多為詩劇。德國作家歌德的《浮士德》就屬於詩劇。

【漢樂府】 漢樂府是指漢時樂府官署所採製的詩歌，是繼《詩經》之後，古代民歌的又一次大彙集。它不同於《詩經》的浪漫主義手法，開詩歌現實主義新風。漢樂府民歌中女性題材作品佔重要位置，它用通俗的語言構造貼近生活的作品，由雜言漸趨向五言，採用敘事寫法，刻畫人物細緻入微，創造人物性格鮮明，故事情節較為完整，而且能突出思想內涵，著重描繪典型細節，開創敘事詩發展成熟的新階段，是中國詩史五言詩體發展的一個重要階段。樂府民歌作為漢代民間的創作，以其強大的生命力逐漸影響了文人的創作，取代了辭賦對文壇的統治。在中國文學史上，有著極其重要的地位。

【民歌】 民間文學體裁樣式之一。一般為口頭創作，在流傳的過程中不斷得到集體加工。基本的形式是每首四句，以七言為主，雜用三言、五言。多運用比興、雙關、比喻、誇張、對比、反覆、重疊等表現手法，因而短小、通俗、清新、明快、活潑、富有生活氣息，這是民歌的顯著特色。種類有小調、山歌、漁歌、號子等等。

二、戲劇

【戲劇】 包括了文學、表演、音樂、美術和建築等多種因素的綜合性藝術，這裏的"戲劇"專指其文學因素 —— 劇本。劇本由台詞和提示構成。台詞包括對白、唱詞、獨白、旁白等等。舞台提示包括場幕開端關於時間、地點、場景和出場人物的提示，也含括台詞內容中間出現的關於角色的表情、動作及舞台上佈景變化等等因素的提示。舞台提示、台詞和戲劇衝突，是構成劇本的三要素。沒有衝突就沒有戲劇。作品中反映的生活主要由人物的語言（台詞）展現出來，因此戲劇人物的語言要具備高度的個性化，又要有鮮明的行動性。劇本按照反映的矛盾性質分為：喜劇、悲劇和正劇；按照語言表現的形式分為：話劇、歌劇和詩劇；按照題材的時代性分為：現實劇和歷史劇；按照規模和容量的大小分為：獨幕劇和多幕劇。

【悲劇】 戲劇類型之一。它往往反映社會生活中的重大矛盾衝突，展示善、惡兩種力量的嚴重鬥爭。主要是表現主人公所追求的理想、所從事的事業由於邪惡勢力的迫害及本身的過錯而不能實現，並以其悲慘遭遇或自身毀滅來引起人們的憐憫、同情、悲憤、崇敬。其基調莊重，氣氛嚴肅。西方的悲劇源於古希臘祭祀酒神的儀式，中國古典戲曲中也有許多優秀的悲劇作品。現代話劇中中國現代作家曹禺的《雷雨》《日出》及中國現代作家郭沫若的《屈原》亦都是典型的悲劇。

【喜劇】 戲劇類型之一。基本特徵：（1）以“笑”為武器，用強烈誇張的手法，風趣、詼諧或辛辣的對話來塑造人物，反映社會生活中具有社會意義的喜劇性現象和喜劇性矛盾。（2）常用巧合、誤會來構成喜劇性衝突和喜劇情境。喜劇創作的目的是笑著“把陳舊的生活方式送進墳墓”。十六世紀英國劇作家莎士比亞的《威尼斯商人》就是典型的喜劇。

【雜劇】 戲曲名詞。宋代雜劇是唐代參軍戲和歌舞、雜戲的進一步發展，是以滑稽調笑為特點的一種表演形式。明代中葉興起的南雜劇，則是在繼承元雜劇的傳統上又受南曲影響而有所變化、發展的戲曲。一般所說的雜劇，通常是指元雜劇。元雜劇是元代以北曲演唱的戲劇形式。它是在宋雜劇、宋金元說唱藝術以及唐宋歌舞戲與民間諸伎藝的基礎上發展起來的。一般分為四折，可加楔子。每折用同一宮調組織不同曲牌，成套演唱。第一折開端，第二折劇情發展，第三折形成高潮，第四折結局。元雜劇作家作品甚多。優秀作家除了“元曲四大家”——關漢卿、馬致遠、鄭光祖、白樸之外，還有王實甫、喬吉、紀君祥等。他們的優秀作品如《竇娥冤》《救風塵》《拜月亭》《望江亭》《單刀會》《漢宮秋》《倩女離魂》《梧桐雨》《牆頭馬上》《西廂記》《趙氏孤兒》等，至今常演不衰，極負盛名。

三、小說

【小說】　文學的一大類別。作為一種敘事性文學樣式，它通過複雜多樣的故事情節和具體獨特的環境描寫，深入細緻地刻畫多種多樣的人物性格，廣泛而多方面地反映社會生活。同時，它又以表現手法的靈活多樣和不受時空限制而見長於其他文學樣式。人物、情節、環境是小說的三要素。我國小說的興起較詩、文、賦等體裁為晚，約在東漢時，才正式把它當作一種文體。此後有六朝志怪小說、唐人傳奇、宋人話本，以及明清章回小說等。小說在我國長期被貶，處於文壇之末流。直到五四運動以後，小說才得以迅猛發展。

【小說的分類】　小說分類是隨著文學藝術和小說本身的發展而不斷發展變化的。小說有多種分類法，按題材內容分，可分為社會小說、問題小說、戰爭小說、歷史小說、愛情小說、偵探小說等；按文體的區別分，可分為敘述式小說、詩體小說、日記體小說、書信體小說等；按流派分，可分為現實主義小說、浪漫主義小說、象徵主義小說、荒誕派小說等；按我國古代小說發展史分，可分為志怪小說、志人小說、傳奇小說、話本小說、擬話本小說、長篇章回小說等。最常見的是按容量大小和篇幅長短來分，可分為長篇、中篇、短篇小說以及微型小說，能反映出不同小說樣式在藝術構思、性格塑造及內容含量方面的特點。

【長篇小說】　按體制大小區分的小說樣式之一，一般在十萬字以上。特點是：（1）反映的生活面廣，容量大。（2）人物眾多，描寫細緻，能多方面刻畫人物性格。（3）線索多，情節結構複雜。它能夠多方面地表現豐富多彩、風雲變幻的社會生活，完整敘述矛盾衝突從發生、發展直至結束的全過程，細緻描繪人物及其之間的複雜關係和人物性格的形成、發展和變化，從而深刻反映一定歷史時期社會生活的本質特徵或它的若干方面。長篇小說往往包含許許多多的大小矛盾，其中有主要矛盾、次要矛盾，有主要線索、次要線索，還有各樣的插曲，甚至多主題。結構方式也多種多樣：有串珠式，一條主線貫穿許多事件，如明代作家吳承恩的《西遊記》；有繩索式，幾條線索糅在一起交錯發展，如元末明初作家羅貫中的《三國演義》；有網狀式，如清代作家曹雪芹的《紅樓夢》等。

【三部曲】　又稱三聯劇。它源於古希臘悲劇的結構方式。如古希臘悲劇家埃斯庫羅斯的《俄瑞斯忒斯》三部曲，是由《阿伽門農》《奠酒人》《復仇女神》這三部情節連貫的悲劇組成的。現在泛指情節內容各自獨立卻又相互連貫的文學作品。如中國現代作家巴金的《激流三部曲》，包括《家》《春》《秋》三部既獨立成篇，又相互緊密聯繫的長篇小說。

【演義】　舊時長篇小說的一種。由講史話本發展而來，是根據史傳演繹成故事作品，並經過了作者的藝術加工。這類作品很多，著名的如元末明初作家羅貫中的《三國演義》等。

【中篇小說】　按體制大小區分的小說樣式之一，介於長篇小說和短篇小說之間，一般在三萬至十萬字之間。特點是：（1）一般只擷取主人公一個時期或某一階段生活的典型事件，來反映較為廣闊的社會生活面。（2）一般只刻畫少量幾個人物，常用較多的生活側面來組成主人公的性格發展史。（3）故事情節完整，線索較少，一般只一條線索。如中國現代作家魯迅的《阿Q正傳》反映的社會生活面雖較廣闊，但卻是圍繞阿Q這條線索展開的。又如中國現代作家巴金的《寒夜》、中國現代作家老舍的《月牙兒》等，均為中國現代中篇小說的代表作。

【短篇小說】 小說的一種。篇幅短小，能迅速反映現實生活，情節簡明，結構緊湊，人物集中，環境描寫也較簡略。它往往截取生活中富有典型意義的橫斷面，著力刻畫主要人物的性格特點，反映社會生活的某一側面或片斷，使讀者可"藉一斑略知全豹，以一目盡傳精神"，以小見大，見微知著。我國自唐、宋以來，短篇小說日趨發達、豐富，如清代小說家蒲松齡的文言短篇小說集《聊齋志異》、中國現代作家魯迅的短篇小說集《吶喊》《彷徨》等。

【小小說】 小說的一種。篇幅一般兩三千字，其容量大小及篇幅長短均介於短篇小說和微型小說之間，但無嚴格界限，故亦有人稱小小說為微型小說。它情節單一，人物僅二、三個左右，往往只截取生活激流中的一個小漩渦或一朵小浪花，以闡明一個道理。在藝術處理上，對情節、環境不做精雕細刻，對人物只勾勒輪廓，捕捉其主要性格特徵的某種光彩或斑點，寫法近似速寫，兼有特寫和短篇小說的特點，能及時迅速地反映現實生活。

【微型小說】 小說的一種。由於分類標準不一，故又稱小小説、超短篇小説、袖珍小説、微信息小説、一分鐘小説等。篇幅極短，一般在千字以下，短至幾十字、幾百字均可。微型小説以小題材反映社會生活的某一側面，多取材於生活中有典型意義、深刻哲理的小片段或人物經歷中的小鏡頭，以速寫的筆法，勾勒事件的輪廓或人物性格的某個側面，寓大於小，構思奇巧。它不是短篇小説的分支，而是與長、中、短並列的一種獨立的小説樣式。其情節開展快，節奏感強，材料集中，安排巧妙，尤忌平鋪直敘。它是小説中的微雕藝術。

【志怪小説】 我國舊體小説的一種。指漢魏六朝記述神鬼和奇異故事的小説，源於古代神話和傳説。它的產生與當時社會動盪不安，宗教迷信盛行，侈談鬼神，稱道靈異的社會風氣有關。其內容多封建性的糟粕，其中一些優秀篇章，或揭露封建統治者的殘暴，表現了人民的反抗精神；或歌頌青年男女愛情的堅貞；或反映人民爭取美好生活的願望，有積極的意義。我國志怪小説集有東晉文學家干寶的《搜神記》、南朝宋文學家劉義慶的《幽明錄》等。

【筆記小説】 小説發展中的初期形式。隨筆記錄的文章，稱筆記；以鋪敘故事、刻畫人物為主，且具虛構特色的，稱筆記小説。它最早出現於兩晉南北朝時期，內容多談鬼神、志怪異，或記載貴族名人的趣聞軼事。一般作品多封建性糟粕，或宣揚封建道德的合理和永恆，或鼓吹天道輪迴、因果報應等。但也有不少構思巧妙，想象豐富，在思想性和藝術性方面比較好的作品，如南朝宋文學家劉義慶的《世説新語》、清代文學家紀昀的《閱微草堂筆記》等。

【傳奇小說】 我國舊體小説的一種。唐人、宋人用文言寫的短篇小説。它是在六朝志怪小説的基礎上發展起來的，以其"作意好奇"而得名。它興起、盛行於中、晚唐，後人用"傳奇"泛稱這種小説。因其多取材於現實生活，反映社會矛盾，注重人物性格刻畫，情節奇特，描寫生動，尤工虛構藝術，富有浪漫色彩，為小説發展開闢了廣闊的前景。如唐代傳奇小説《柳毅傳》《李娃傳》等。

【話本小説】 中國古代白話短篇小説。產生於南宋，是説書藝人講説故事的底本。説書是一門民間技藝，是適應當時都市的繁榮和市民階層的需要產生的。話本、擬話本的結構形式，開頭一般以詩詞引入，稱為入話。接著敘述一個簡短的與正文主旨相反的故事，稱頭回，也叫得勝頭回、笑要頭回。正文叫正話，中間穿插一些詩詞韻語，末了往往用詩句結束。它在我國小説發展史上具有重要地位。

【擬話本】 指明代文人模擬宋元話本形式所寫的短篇白話小説。如明代文學家馮夢龍的"三言"（《喻世明言》《警世通言》《醒世恆言》）中的部分作品和明代文學家凌濛初的"二拍"（《初刻拍案驚奇》《二刻拍案驚奇》）等。它由話本之講故事，轉為供讀者閱讀，而成為案頭小説，已初具現代小説的面貌。

【市民文學】 封建社會中，手工業和商業城市興起之後，適應城市市民需要而產生的一種文學。內容大多描寫市民社會中家庭生活和愛情生活的悲歡離合，反映市民階層的要求和願望。市民文學在揭露和批判封建主義的黑暗統治上有一定的進步意義，但作品中亦帶有封建觀念和低級趣味的糟粕與局限性。歐洲的市民文學十一世紀左右在意大利出現，中國的則從唐代傳奇開始，而以宋人話本最為突出。

【文言小說】 用我國古代書面語言（文言文）寫成的短篇小說的統稱。在藝術上，注重反映現實和人物性格刻畫；在語言運用、結構情節安排上，均能突破志怪小說的陳規，有所創新。如清代小說家蒲松齡所寫的《聊齋志異》。

【章回小說】 中國元明之間，源於宋元民間說書而形成的以分回標目為主要特點的長篇小說樣式。其結構形式的特點是：（1）將全書分為若干章節，稱為回。每回都用對偶句標目稱為回目，用來概括本回內容。（2）每回情節具有相對完整性，但又製造懸念引出下一回。（3）各回的內容分量大體相當，勻稱協調。（4）具有較強的故事性。（5）語言力求通俗，符合大眾欣賞習慣。（6）多用懸念和伏筆。（7）以散文敘述為主，中間穿插一些詩詞韻語。這些都保持著民間藝人說書的特色，甚至在口吻上也經常出現"話說""看官"等字眼。至於每回結尾，往往是在故事緊張處節外生枝，故作驚人之筆，以造成懸念，這更是說話人用來招徠下一回聽眾的慣用手法。

【歷史小說】 小說的一種。指以歷史人物和歷史事件為題材創作的小說，有長篇和短篇之分。其主要特點是：通過對歷史人物和事件的描寫，藝術地再現一定歷史時期的社會生活面貌及歷史發展趨勢，使讀者從中受到有益的啟迪和審美教育。在藝術處理上，它要求所描寫的主要人物和主要事件必有歷史依據，符合歷史真實；但可以容許有適度的虛構，運用藝術想象使歷史真實昇華為藝術真實，如元末明初作家羅貫中的《三國演義》等。

【諷刺小說】　用嘲諷的態度描述被批判的事物或思想的小說。它運用諷刺藝術的各種手法，針對社會生活中落後消極的現象或腐朽的事物，突出描寫對象的矛盾、可笑、畸形等特徵，語言通常尖銳犀利，力求達到警戒教育或暴露抨擊的目的。清代作家吳敬梓的《儒林外史》是中國古典諷刺小說的代表作，十九世紀俄國作家果戈里、十九世紀美國作家馬克‧吐溫等也都是諷刺小說大師。

【自傳體小說】　根據作者自己生平事跡寫成的小說。它與自傳不同，自傳要求寫本人的真實經歷，具有史料價值，自傳體小說則是在作者親身經歷真人真事的基礎上，運用小說的形式和手法，經虛構想象而寫成。前蘇聯作家高爾基的《童年》即是自傳體小說。

【日記體小說】　以日記的形式結構作品、展開情節和刻畫人物。敘述方式上多採用第一人稱。如中國現代作家魯迅的《狂人日記》、中國現代作家茅盾的《腐蝕》等。

【書信體小說】　用書信的形式寫成的小說，產生於十八世紀的歐洲。此類小說的故事情節展開和人物形象刻畫在人物通信中進行，情節進展相對緩慢，但有利於讓主人公直接傾訴個人情感。代表作有德國作家歌德的《少年維特之煩惱》。

【民間故事】　敘事性文學樣式之一。包括神話、傳說、童話、寓言在內，如《精衛填海》《牛郎織女》等。狹義的民間故事也指那些取材於現實生活，富有浪漫主義色彩，情節曲折，引人入勝的故事。在寫法上，民間故事以敘述為主，語言大眾化，人物個性鮮明。此類作品主要運用藝術虛構創作而成。

【寓言】 敘事性文學樣式之一。特點是以虛構的小故事來說明一種深刻的人生哲理，具有隱喻性、勸喻性或諷刺性。在寫法上，常將動、植物擬人化，並常採用借喻、誇張等表現手法，篇幅雖短故事性卻強。

【童話】 兒童文學體裁之一，屬敘事性文學樣式。特點是以兒童容易認識和理解的人或事物為描寫對象，通過豐富的想象、幻想，用擬人、誇張等藝術手法來塑造藝術形象，反映社會生活，達到對兒童進行教育的目的。在寫作上要求形象生動鮮明，情節神奇曲折，內容和語言適合兒童口味。童話大致分為四類：（1）擬人化童話，如中國現代作家葉聖陶的《古代英雄的石像》。（2）人物童話，如丹麥作家安徒生的《皇帝的新衣》。（3）超人化童話，如安徒生的《海的女兒》。（4）知識童話，如中國現代科普作家高士其的《我們的土壤媽媽》。

【神話】 人類最早的口頭敘事文學樣式之一，經過若干世紀之後才開始以文字形式加以記錄，並經人們不斷地加工潤色。作品往往運用超自然的帶有人格色彩的神的形象和幻想的形式來反映遠古時候人們對世界起源、自然現象、社會生活的原始理解。如中國《山海經》中的諸多神話故事以及古希伯來的神話，均體現出這種特徵。它們鮮明地表達出上古人民要征服自然、改變人類命運的願望。

四、散文

【散文】 文學的一大樣式。中國古代，為了區別於韻文和駢文，曾將凡不押韻、不重排偶的散體文章，包括經傳史書在內，概稱散文。隨著文學概念的演變和文學體裁的發展，在某些歷史時期，曾將小說及其他抒情、記事的文學作品統稱為散文，以區別於講求韻律的詩歌。現代散文是指與詩歌、小說、戲劇文學並稱的一類文學體裁。其特點是：通過某些片斷的生活事件的描述，表達作者的思想感情並揭示其社會意義；篇幅長短不一，形式自由，不一定具有完整的故事性；語言不受韻律的拘束；形式上可抒情，可敘事，也可發表議論，甚或三者兼有。散文本身按其內容和形式的不同，又可分為雜文、小品、隨筆、報告文學等。

【敘事散文】 散文的一種，以記敘事件、描寫人物為主，它通過真實事件和人物的記敘描寫，反映社會生活，表達作者的思想感情。敘述描寫中，也可夾以議論和抒情。敘事散文和小說有時界限非常模糊。如中國現代作家魯迅的短篇小說《一件小事》和《社戲》就很像散文。敘事散文與小說的區別有：小說人物和情節是虛構的，敘事散文則不能虛構；敘事散文通常主觀色彩比較濃重，多用第一人稱，小說則多客觀描寫，可用第一人稱，也可用第二或第三人稱；小說一般有中心人物和情節，敘事散文則無此要求。

【抒情散文】 散文的一種。以抒發感情為主，以此表達對現實生活或客觀事物的情感體驗和評價，具有強烈的抒情性和濃重的主觀色彩。抒情方式包括直抒胸臆、託物言志、借景抒情，以及融感情於敘述、描寫和議論中。

【議論散文】 散文的一種。通過具體事物和形象展開議論，以說理為主。不同於一般的說理文和議論文，它主要藉助具體形象展開議論、說明道理，而非藉助概念、判斷和推理等邏輯形式說理。議論散文以議論為主，也可敘述、描寫和抒情，寫法比一般說理文自由靈活。議論散文通常會把抽象深刻的人生和社會問題具體化、形象化，其體裁除了一般樣式，還有書信體、對話體和隨感錄體等等。

【記敘文】 以敘述、描寫為主要表達方式，通過對人物、事件和景物的描述反映社會生活，表現作者的思想感情。它的寫作對象是生活中實有的事物，是真人真事。它不同於文學作品，文學作品可以在現實生活的基礎上運用典型概括的方法塑造人物、編織情節，其中的人物和事件大都是虛構的。而表現真人真事的記敘文不允許虛構。記敘文不論是歌頌、讚揚美好事物，還是揭露、抨擊醜惡落後現象，在日常生活中都有著廣泛的用途。記敘文的種類很多，常見的有消息、通訊、報告文學、遊記、人物傳記、回憶錄、特寫等等。

【議論文】 以議論為主要表達方式。以論證事理、辨別是非為主要目的的一種文章體裁。通過概念、判斷和推理的邏輯方式反映客觀事物，表達作者的思想，是議論文的主要特徵，也是它和其他文體的主要區別。根據表達內容和形式的不同，議論文又可分為：社論、專論、評論、雜文、論文、讀後感（觀後感）等。

【雜文】 散文的一種。直接而迅速地反映社會事件或社會傾向的文藝性論文。以短小、活潑、犀利為特點。內容廣泛，形式多樣，有關社會生活、文化動態，以及政治事變的雜感、雜談、雜論、隨筆都可歸入這一類。中國自戰國以來諸子百家的著述中就多有這一類的文章。五四運動以後，魯迅等作家把雜文作為思想鬥爭的武器。

【隨筆】 隨筆就是隨手筆錄。它和速寫一樣，是一種短小精悍、不拘一格的文章。不同的是：速寫偏重寫人、記事，隨筆則在寫人、記事的同時常常借物抒情、議論風生；速寫偏重生動、形象，隨筆講求意味深長。隨筆在我國有悠久的歷史，北宋科學家沈括的《夢溪筆談》便是大家熟悉的隨筆式名著。另外如中國現代作家魯迅雜文中的《忽然想到》和《立此存照》也是隨筆中的佳作。

【小品文】 散文的一種形式。篇幅短小，形式活潑，內容多樣化。特點是深入淺出，夾敘夾議地講一些道理，或簡明生動地敘述一件事情。小品文因內容的不同分為諷刺小品、時事小品、歷史小品和科學小品等。

【速寫】 速寫是從繪畫藝術中借來的一個術語。繪畫中的速寫指在短時間內用簡練的線條，勾畫出對象的形體和動態。散文中的速寫是指用簡明的語言、短小的篇幅，靈活地寫人、記事。人們常見的生活見聞、旅行雜記以及某些短篇通訊，大都屬於速寫。速寫篇幅短小，內容簡單，形式不拘一格，是一種練筆的好形式，有助於寫作者細心觀察、精心設計，又可錘煉語言。

【特寫】　報告文學的一種。借用電影中特寫鏡頭的表現手法反映社會生活。其特點是以文藝的手法抓住現實生活中人物、事件或環境的某一富有特徵的部分，做一種集中、精細而突出的描繪和刻畫，具有高度的真實性和強烈的藝術感染力。

【遊記】　散文的一種。主要記述旅途見聞，包括所經之地的社會生活、風土人情、山川景物、名勝古跡等，藉以抒發作者的思想感情。如明代地理學家徐霞客的《徐霞客遊記》等。

【報告文學】　一種帶文學性的新聞體裁。和新聞通訊的不同之處在於，報告文學一般篇幅較長，對所報道的人物和事件均展開充分的描寫。報告文學更注重運用文學的語言和多種的藝術手法，通過生動的情節和典型的細節，"報告"現實生活中具有典型意義的真人真事。作品可以進行藝術的加工，以增加文學的生動性和感染力，但不能虛構。此外，在描繪人物、事件和環境時，經常採用夾敘夾議的手法發表議論。

【人物傳記】　人物傳記是以形象的手法記述人物的歷史、經歷與活動的記敘文，人們常將人物傳記稱為傳記文學。它具有內容史學性，形式文學性的特點。即提供的材料必須是真實的，不能虛構情節，也不能任意渲染，但形式上可以通過具體的敘述、描寫，形象地表現人物的性格、品德以及風貌，也可以抒發作者的愛憎感情。在真實的基礎上，選擇富有表現力的典型材料和典型細節，對人物進行具體的描寫，使人物個性鮮明，讀後讓人留下深刻的印象。

【自傳】 自傳是傳記的一種，傳記以記敘人物生平事跡與心得為主，而自傳則是以記述自己的生平事跡為主。自傳一般用第一人稱，也有用第三人稱的。古人著書後常作自序，有的也屬自傳。

【回憶錄】 與人物傳記有共同之處，都是用文學的手法寫歷史、寫人物。傳記中的自傳，大多用回憶錄的形式寫成。不同之處在於，回憶錄只限於寫個人的經歷和見聞，不求全面，只以歷史見證人的身份，寫某人或某事的某些情況。人物傳記主要是寫人，而回憶錄則既可以寫人，也可以寫事。回憶錄在真實的基礎上，選擇富有表現力的典型材料和典型細節，對人物進行具體的描寫。

【演講稿】 也叫演講詞、講話稿。它是在較為隆重的儀式上和某些公眾場合發表的講話文稿，可以表示自己的主張、見解，進行宣傳或說服教育。演講稿是進行演講的依據，是對演講內容和形式的規範和提示，它體現著演講的目的和手段。演講稿通常具有針對性、鼓動性和口語性。從演講的場所分，有集會演講稿和廣播電視演講稿；從演講的長短分，有即興演講稿和正式演講稿；從演講的內容分，有政治性演講稿、軍事性演講稿、經濟性演講稿、教育性演講稿、科技性演講稿和社會生活演講稿等。

【新聞】 報刊、廣播、電視等媒介上最常見的一種文體。新聞機構針對當前發生的政治事件以及社會事件所做的報道。要求準確真實，迅速及時，言簡意賅，讓事實說話。形式上可以包括各種新聞消息、通訊、新聞特寫、記者通訊、調查報告、電視新聞等等。

【專訪】 對新聞人物或機構進行專門訪問後寫成的報道。一般包括人物專訪、事件專訪、問題專訪等。專訪的對象多為具有代表性的人物，或是社會上人們普遍關心的某一事件、某個問題，因此具有很強的針對性和一定的影響力。專訪很強調現場的描繪和談話紀實，可以運用文學手法來增強文章的感染力，但不可虛構情節，要確保內容的真實性。

【社論】 又稱社評。報社和雜誌社在自己的報紙或刊物上，以本社或某人的名義發表的評論當前重大問題的文章。通常分為一般社論和專題社論兩種，一般社論多在重大節日、紀念日刊發，可以是黨政機關通過自己的機關報（刊）就全局問題發表社論，分析形勢，提出任務，指導工作；專題社論則常就某一具體問題或重大事件進行論述。社論要求選題準確、針對性強，要立場鮮明、說理深刻、邏輯嚴密、言簡意賅、文風樸實，較之其他評論體裁要有更強的政策性、權威性、針對性和指導性。

【消息】 用簡潔明快的語言及時報道新近發生的事實的一種新聞體裁。用電報傳送的消息叫電訊。在各種新聞體裁中，消息的使用頻率最高，它是新聞媒介傳播各種信息、進行輿論宣傳的一種基本形式。一則消息通常由標題、導語、主體和結尾組成，正文之前一般還要加電頭或"本報訊""本台消息"等。其傳統結構是"倒金字塔"，即按新聞價值的大小，依次將新聞事實寫出。常見的類型有動態消息、簡訊、綜合消息、經驗消息、述評消息、人物消息、特寫性消息等。消息寫作的基本要求一是要用事實說話；二是要講究時效，報道迅速及時；三是要簡潔生動，明白曉暢。

【通訊】 具有一定的文學性，詳細具體、生動形象地報道人物、事件或情況、問題的新聞體裁。它和消息一樣，都是對事實的報道。較之消息，其容量大、分量重、寫法靈活。常運用敘述、描寫、抒情、議論等多種表達方式，對人物或事件進行詳細充分的描述，具有較強的形象性與感染力。消息的基本功能是傳播信息，通訊除了傳播信息，還要有感染力，尤其是人物或事件通訊，敘述之外常有感人的細節和心理刻畫。

【通稿】 通訊社編發的通用稿件，與專稿相對。專稿是記者為某家報刊專門採寫的稿件，通稿則是供所有新聞媒介選用的稿件。

【深度報道】 通過系統的背景資料和解釋分析，全面深入展示新聞內涵的一種報道形式。較之動態報道，深度報道要求對新聞事實的表述既有深度，又有廣度。從深度上說，它不僅要報道新聞事件，還要闡明事件產生的前因後果、來龍去脈及其重要意義；從廣度上說，除了事件本身，它還要提供與事件有關的歷史和現實的各種背景材料，對新聞的時間、地點、人物、原因、結果等諸要素做必要的拓展和延伸。

【編者按】 報刊或媒體編者對新聞或文章所加的提示性說明和重要批註，是編者對作品的解釋和引申。可以針對文中的觀點或材料表達編輯部的意見，也可以提示要點、交代背景、補充材料或借題發揮，一般起強調重點、表明態度的作用，是一種特殊的編輯任務。編者按的運用靈活多樣，可根據需要放在文前、文中或文後。加在最後的稱"編後"，也有單獨成章的，稱"編者的話"。

【本報評論員文章】 介於社論和短評之間的中型評論文章。名義上代表個人，實際反映編輯部的觀點和傾向，具有一定權威性，在選題和寫作上較之社論更自由靈活。一般千字左右，分署名和不署名兩種形式，要求論述準確、見解獨到、短小精悍。

【政論文】 一種政治性較強的評論，主要闡述和評論有關政治、經濟、軍事、思想和文化領域中的重大事件和問題。應當具有強烈的針對性和嚴密的邏輯性。

【讀後感】 讀了一部作品或一篇文章後，有感而發寫成的文章。作者對於原文的內容有深刻的理解和切實的感受，讀後的感受可以是多方面的，但文章往往抓住一點或幾點感受最深、最有意義的內容來寫。

【應用文】 處理日常事務最常用的一種文體。其目的是解決日常生活和工作中的實際問題。它包括：序言、調查報告、總結、計劃、簡報、請柬、通知、電報、日記、書信、賀詞、合同、公約、條據、命令、公告、廣告、啟事、實驗報告、讀書筆記等。應用文用途很廣，實用性很強。不同的應用文有不同的格式、不同的要求。

【廣告】 宣傳方式的一種。通過報紙、廣播、電視、網絡等傳播媒介，來介紹產品或是傳播各種信息。廣義的廣告包括經濟廣告和非經濟廣告，也可稱盈利廣告和非盈利廣告。經濟廣告指以促銷為目的的廣告，包括直接傳播商品或勞務信息的商業廣告和以樹立商品生產者或勞務提供者的美好形象為目的的廣告。非經濟廣告指不以盈利或促銷為目的的廣告，包括招聘廣告、公益廣告等。狹義的廣告僅指經濟廣告。隨著時代的發展和科技的進步，廣告的範圍越來越廣，形式也越來越豐富多樣。好的廣告應該以簡明生動、新穎獨特、引人注目為突出特點。

【簡報】 對某類情況的簡單報道，常供內部發行，通報某種信息。這是一種兼具匯報、交流和指導性的簡短、靈活的應用文體。簡報的組成通常包括：報頭（公文樣式的標誌）、正文（具體的內容）以及報尾（供稿的單位、發送的範圍和印數等）三部分。以真實可靠、迅速及時為特點。

【會議紀要】 一種常用的公文。內容為記錄會議的主要情況，如會議的有關議程、討論的問題、擬定解決的懸而未決的問題等等。會議紀要的文字簡潔扼要，記錄典型、精當，既要充分反映會議的全貌，又要突出重點、言簡意賅。

【說明文】 用説明的表達方式來解説某種事物或闡明事理，同時也給人以知識的文章。説明書、解説詞、知識小品、人物介紹、名詞解釋等，都是説明文。説明文具有三個共同特徵：第一是知識性。説明文的功用是給人以知識，這是它和記敘文、議論文相區別的主要標誌。第二是客觀性。説明文的客觀性有兩種含義，一是指文章所説明的知識必須符合客觀實際；二是指説明文在表達手法上，作者的議論、抒情等主觀色彩較弱，正如中國現代作家葉聖陶所言："説明文説明一種道理，作者的態度是非常冷靜的。道理本該怎樣，作者把它説清楚了就算完事，其間摻不進個人的感情呀，繪聲繪色的描摹呀這一套。"第三是實用性。現實生活中，説明文有著廣泛的用途，它是人們生活、學習、工作中溝通情況、提供信息的重要工具。它不像文學作品那樣供人們進行藝術欣賞，給人們以美的享受，也不像記敘文、議論文那樣對人們的感情和理智產生影響，它的價值在於實用。説明文的特徵決定了要想寫好説明文，最重要的是對要説明的事物或事理有著準確而深入的了解，在這個基礎上，還要注意説明的順序、説明的方法和説明的語言。

【科學小品】 指用文藝性的筆調來寫成的介紹和傳播科學知識的説明文，其內容突出強調科學性。科學小品的語言通俗，深入淺出，文筆注重趣味性，因為它的讀者並非專業科技人員。形式上可以豐富多樣，不拘一格。基本特徵總結為四點：題材的廣泛性、內容的科學性、語言的通俗性及文筆的趣味性。

【百科全書】 一種以辭典形式編排的大型參考工具書。它是綜合性地論述所有學科知識的著作。為方便查索取閱，收錄各種專門名詞和術語並分門別類，按辭典的形式分條編排，用簡明的文字解說。除了包羅較廣的綜合性百科全書，也有專門的百科全書，如醫學百科全書、農業百科全書等。

【條目】 指按內容分列的細目，條理綱目。作為一種文本形式，即辭書中由所註釋的對象和註釋所構成的整體，在詞典中也稱詞條。有時候條目僅指註釋的對象，而不包括註釋本身。條目有兩類：一種是語詞條目，對普通詞語進行註釋；一種是百科條目，對專科詞語進行註釋。

【惡搞作品】 惡意搞笑的作品，指通過對公開發表的已有資源（如新聞圖片、文藝作品等）進行二次加工處理和再創作，使原有的格調和氛圍大變，以達到某種滑稽、幽默、搞笑、諷刺的喜劇效果。

【學術論文】 討論或研究某種問題的文章。通常指進行各學術領域的研究和描述學術研究成果的文章。它要求觀點明確、條理分明、有理有據、語言客觀嚴謹。由於論文本身的內容和性質不同，研究領域、對象、方法、表現方式不同，故有多種不同的分類方法。如按內容性質和研究方法的不同，可分為理論性論文、實驗性論文、描述性論文和設計性論文。

【電影】 一種利用現代科技，通過創造視覺形象和鏡頭組接，在銀幕的時間和空間裏，塑造出動態的、音畫結合的、逼真可感的具體形象，用以反映社會生活的綜合性現代藝術。由於它可同時供多人觀看且能大量複製，因此具有廣泛的群眾性。

【影視劇本】 影視劇本是用文字表述的、描寫未來影片的一種文學樣式，它為影視導演提供作為工作藍圖的文字材料，導演根據它用畫面和音響的攝錄和剪輯構成完整的影片。從表現手法來說，它要求不論是描寫人物或場景都要符合視覺性要求，儘量通過人物的行動鏡頭來表現，多運用蒙太奇手段。

【說明書】 關於物品的用途、規格、性能和使用方法以及戲劇、電影情節等的文字說明。向讀者、觀眾、用戶等介紹圖書、戲曲、電影內容，以及產品特徵和使用方法的一種書面材料。

【指南】 一種專為人們提供指導性資料或情況的實用性文本，如旅遊指南、操作手冊等。多用說明性語言，力求簡潔明了，注重條理和表意清晰，具有指導性和實操性，常常圖文搭配。

【訪談錄】 根據訪談而寫的內容實錄，又稱答記者問、談話錄。有關方面的專家、學者、負責人、權威人士或知名人士直接回答記者提問的一種新聞報道形式。一般是有問有答，也可將談話分段整理發表。訪談錄中的"問"要簡短明確，"答"要有權威性與代表性。在分段整理編寫的訪談錄裏，可以適當介紹談話的背景，如與談話人的情緒、特點及與所談內容有關的其他材料等。

文學作品的體裁

【紀錄片】 對某一政治、經濟、軍事、體育、文化生活或歷史事件做系統完整的記錄和報道的影片，其拍攝的內容必須是生活中的客觀事實，不允許虛構、杜撰和偽造。根據題材和表現方法不同，紀錄片可分為實時報道片、文獻片、傳記片、自然風光片、人文地理片等多種類型。

【動畫】 動畫是集合了繪畫、漫畫、電影、數字媒體、攝影、音樂、文學等眾多藝術門類於一身的綜合藝術表現形式。動畫技術是一種逐幀拍攝對象並連續播放而形成運動的影像技術。動畫產品包括動畫電影、動畫電視劇、動畫短片、動畫音像製品、影視特效中的動畫片段，以及科教、軍事、氣象、醫療等影視節目中的動畫片段等。

【漫畫】 筆觸簡練，手法簡單而誇張，篇幅短小，具有諷刺、幽默和詼諧的意味，蘊含深刻寓意的繪畫作品。通過幽默詼諧的畫面或畫面組，取得諷刺或歌頌的效果。常採用誇張、比喻、象徵等手法，諷刺、批評或歌頌某些人和事，具有較強的社會性，也有些純為娛樂，具有較強娛樂性，常見的有搞笑型和人物創造型。漫畫藝術在現代呈現出三種表現形式：一種是在報刊雜誌上十分常見的單幅或者多幅成組的漫畫，以諷刺、幽默為主要目的。另一種是與動畫結合非常緊密的故事漫畫，一般在專業的漫畫雜誌上連載或者集結成冊出版。還有一種是現代已經比較少見，但在二十世紀乃至十九世紀卻興盛一時的連環畫。現在常見的漫畫類型包括單幅和多格漫畫、插畫、漫畫圖書、動畫抓幀圖書、漫畫報刊、漫畫原畫等。

【動漫】 動畫與漫畫的合稱。出現這一合稱主要是因為動畫和漫畫兩個產業聯繫緊密。動漫包括漫畫、動畫、網絡動漫、手機動漫、動漫舞台劇（節）目、動漫遊戲等等各種不同的呈現形態。

【信函】 即書信。指以套封形式，按照名址遞送給特定個人或單位的緘封的信息載體。它是一種向特定對象傳遞信息、交流思想感情的應用文書，細分的話還可以分為公函、私信、便函、家信、情書等。

【電子郵件】 通過互聯網傳遞出的郵件，即用戶之間通過電子信箱發出或收到的信息，簡稱電郵，又叫電子函件。為英文 Electronic Mail 的意譯，縮稱為 E-mail。

【雜誌】 介於報紙和書籍之間，有固定刊名，以期、卷、號或年、月為序，定期或不定期連續出版的印刷讀物。根據一定的編輯方針，將眾多作者的作品彙集成冊，定期出版，又稱期刊。

【歌詞】 經過譜曲歌唱而流傳的詩作，或是可供譜曲歌唱的詩作，它是詩歌中最活躍、最有群眾性的一種形式。其語言凝練易懂、節奏清晰明朗、音韻和諧悅耳，可分段、可複唱，段、句都不宜過長。入樂（合樂）的歌詞在感情抒發、形象塑造上和詩沒有任何區別，但在結構、節奏上要受音樂的制約，在韻律上要照顧演唱的方便，在遣詞煉字上要考慮聽覺藝術的特點。歌詞與詩的分別，主要是詩不一定要入樂，歌詞是要合樂的。

【圖解】 指利用圖形來解釋、分析或演算，也指以圖或其他看得見的表現方法為一個主題所作的說明。

【宣言】 政府、政黨或其他團體對重大問題公開表示意見，以進行宣傳號召的文告。通常感情色彩比較強烈，用語比較正式。如《共產黨宣言》。

【公約】 由一定範圍內社會成員（或代表）自己倡議並制定，自覺共同遵守的道德規範和行為準則。公約一般由標題、正文、具名和日期三部分組成。常見的有服務公約、生活公約、學習公約、綜合性公約等。公約的擬定要有針對性，要切合實際，能反映大家的共同願望，文字應簡明具體、易查易記。

【日記】 每天所遇到的和所做的事情的記錄，包括所見、所聞、所言、所行、所思、所感等，其容納面比較廣，是可自由運用記敘、議論、抒情、描寫等多種表達方式的一種應用文體。第一人稱記錄，往往主觀色彩比較強烈。從寫法上看，可以有備忘式、紀實式、隨感式和研討式。備忘式一般行文極簡，不記事情具體內容和過程，也不加議論、描寫和抒情。紀實式比備忘式要具體，其"實"可以是對客觀事件狀況的描述，也可是對一定事件內容、過程、要點的記敘。隨感式主要寫自己因某事而觸發的感受，事是真事，感是實感。研討式則是對所遇到的有一定意義的現象、事件、問題進行認識、分析和判斷，把自己的見解和得出見解的認識過程記錄下來，它要求事實真切、論述嚴謹、結論明確。

【教科書】 教學活動中，在一定範圍內，按照教學大綱專門編寫給學生上課和複習用的課本。

【博客】 音譯詞，英文名為 Blogger，為 Web Log 的混成詞。它的正式名稱為網絡日記，又音譯為部落格或部落閣等。一個典型的博客結合了文字、圖像、其他博客或網站的鏈接及其他與主題相關的內容。能夠讓讀者以互動的方式留下意見，是許多博客的重要要素。大部分的博客內容以文字為主，也有一些博客專注在藝術、攝影、視頻、音樂、播客等主題。博客是社會媒體網絡的一部分。比較著名的有新浪、網易等博客。

【微博】 即微型博客。內容簡短，一般不超過 140 個字的博客。

【微信】 指一種應用軟件，通過網絡實現即時通信，可以發送文字、圖片、語音、視頻等信息。多安裝在手機上使用。也可以指用微信發送的信息。

【調查報告】 為了解決社會實際問題、掌握客觀規律，對某一事物進行調查研究後，用敘述性的書面語言反映調查研究結果，得出結論性意見的一種文體。它有反映情況、總結經驗和研究問題三大類。其特點：一是紀實性強，讓事實說話；二是揭示性強，要揭示出規律性；三是針對性強；四是反饋性強。調查報告按範圍分，有綜合調查報告和專題調查報告；按內容分，有總結典型經驗的調查報告、揭露問題的調查報告、反映歷史實事的調查報告、反映新生事物的調查報告。調查報告一般分三部分：一是引言或前言，包括調查的起因、目的、時間、地點、對象、範圍、經過等，也可提示中心思想；二是主體部分，用遞進法寫明調查的情況，分析問題所在及原因，提

出意見、結論或辦法；三是結尾，歸納全文的基本思想，深化
主題，闡明意義。署名和時間在文尾。

【公開信】 公開發表從而使公眾知悉的信件，可以筆寫，也可
以印刷、張貼、刊登和廣播。其對象一般比較廣泛，如三八婦
女節寫給全國婦女的公開信、五四青年節寫給全體青年的公開
信；也可寫給某個人，如廖承志寫給蔣經國的公開信。信的內
容可以是意見、倡議或就某一問題進行的闡述、解釋或澄清，
一般具有普遍的指導、教育和宣傳作用。

【專欄】 "欄"是報紙編排的一個基本構成單位，也是版面的
構成要素。編輯將內容相近或有關聯的內容編排在一起，在欄
的周圍再用線條加以包圍以引起讀者的注意，然後在欄上加標
題就成了欄目。專欄則是刊登在報紙相對固定的版面位置，由
特定作者專門定期為其寫文章的欄目。專欄是編輯稿件的重要
方式之一，是報刊上專門刊登某一內容稿件的版面，一般有固
定的名稱和位置。專欄在報刊版面中具有相對獨立性，可以進
行單獨而集中的稿件組合。專欄有的有固定欄目，有的沒有固
定欄目，因而有時專欄與欄目通用。

【提綱】 提綱是一種概要式的書面文字材料。它不把全文的所
有內容寫出來，只把那些主要內容提綱挈領地寫出即可。可以
是寫作、發言、學習、研究、討論等各個方面的內容。

【解說詞】 解說詞是對人物、畫面、展品或旅遊景觀進行講
解、說明、介紹的一種應用性文體，採用口頭或書面解釋的形
式，或就事物的性質、特徵、形狀、成因、關係、功用等進行

說明，或介紹人物的經歷、身份、貢獻、受到的評價等。其特點：一是說明性，通常是配合實物或圖畫，用簡明的文字介紹，使觀眾對實物或圖畫獲得深刻的認識；二是具有順序性，多按照實物陳列順序或畫面推移順序、時間順序編寫。

【倡議書】　又稱倡議。個人或集體希望大家響應，以共同完成某種任務或開展公益活動而提出建議的文體。正文內容通常先總述倡議的根據、原因、目的和意義，然後逐條列出倡議的具體內容。倡議的事宜及內容應明確，所倡議的事項應對推動當前工作有現實意義，並且要切實可行、留有餘地，語言要簡練，條理要清晰，要有一定的鼓動性。

【推薦信】　用於向別人推薦某人或某物，以便別人錄用或採納，一般由第三者完成，也有自薦的。要求將被推薦者的基本情況和值得推薦的理由寫清楚，要實事求是，不作溢美之詞，也不故意隱瞞某些缺點和不足。

【啟事】　為公開聲明某事而直接張貼或通過報刊雜誌、互聯網等各種媒體公開刊登發佈的文字。常見的有尋人啟事、招聘啟事、徵文啟事、招工啟事、徵婚啟事等等。其特點在於內容單一、篇幅短小、文字簡明通俗。

【發刊詞】　用來說明報紙刊物創刊意義和目的的一種宣傳文體，是編者在讀者面前說明創辦該刊物的宣言，有助於讀者了解刊物，幫刊物擴大影響。有時也稱見面的話、開篇絮語、致讀者等。寫法上不受格式限制，不同風格的發刊詞跟刊物性質、特定時代氛圍和編者審美情趣有關。內容通常包括刊物性質、辦刊宗旨、讀者對象、辦刊方針、用稿要求及對作者、讀者的希望，同時還要能突出刊物的個性和特點。此外，還應態度誠懇，讓讀者有親切感。

【書評】　評論並介紹書籍的文章。書評是以書為對象，實事求是地、有見識地分析書籍的形式和內容，探求創作的思想性、學術性、知識性和藝術性，從而在作者、讀者和出版商之間構建信息交流的渠道。

【影評】　對電影的評論。影評通常是對一部電影的導演、演員、鏡頭語言、拍攝技術、劇情、線索、環境、色彩、光線等進行分析和評論。電影評論的目的在於分析、鑒定和評價蘊含在銀幕中的審美價值、認識價值、社會意義、鏡頭語言等方面，達到拍攝影片的目的，解釋影片所表達的主題。影評能通過分析影片的成敗得失，幫助導演開闊視野、提高創作水平，以促進電影藝術的繁榮和發展；同時能通過分析和評價，影響觀眾對影片的理解和鑒賞，提高觀眾的欣賞水平，從而間接促進電影藝術的發展。

【序跋】　序跋是一種文體名。序與跋的合稱。序也作敘，或稱引。是說明書籍著述或出版宗旨、編輯體例和作者情況的文章，也包括對作家作品的評論及對有關問題的研究闡發。序一般置於書籍或文章前面，置於書後的稱為跋或後序。這類文章，按不同的內容和表達方式分別屬於說明文或議論文，介紹編寫目的、簡介編寫體例和內容的屬於說明文。對作者的作品進行評論或對問題進行闡發的屬於議論文。序可以是一篇，也可以是多篇。

【年鑑】 彙聚載錄時事資料至出版年為止（著重最近一年）的書，內容包括各方面或某專門學科的情況、統計和圖表等資料。一般逐年出版，可供了解過去發展的情形及做未來規劃設計的參考。比如世界年鑑、經濟年鑑等。

第四部分　大眾傳播常用術語

一、語言與語境

【語境】 指語言成分出現的環境。一般可以按層次由低到高把語境分三類：第一類是局部的上下文環境，指與分析對象前後毗連的語句；第二類是話語的微觀使用環境，包括分析對象所在話語的主題、目的、表達方式、當時當地的情景、對話雙方的關係、距離等等因素；第三類是話語的宏觀使用環境，包括話語活動的社會、歷史和文化背景。語境對詞語作用有二：一是限制，如一詞原是多義的，在具體語境中則可明確為某一意義；二是擴展，如一詞原來意義很單純，而到某一語境中詞義就變得含混複雜，容量更大了，並且有了語氣、感情色彩及其他難以言傳的意味。離開語境，人們不能確切地表達思想，接受者無法準確地理解說話人或文章行文的意思。

【刻板印象】 也叫定型化效應。指個人受社會影響而對某一類人或事持比較固定、概括而籠統的看法。它是關於特定群體的特徵、屬性和行為的一組觀念。刻板印象在對人進行分類時，常用標準有年齡、性別、種族、地域、膚色、職業、文化、宗教背景等。刻板印象的形成主要與人們知覺的選擇性有關。人們在知覺客觀事物時，總是有選擇地以少數事物作為知覺對象，抓住對象最明顯或最典型的特徵，並依此對陌生的同類事物形成固定的推斷。刻板印象的形成一般有兩種途徑：一是直接與某些或某個群體接觸，然後將一些特點固定化；二是根據間接資料而來。其積極的一面表現為：對具有許多共同之處的某類人在一定範圍內進行判斷，不用探索信息，直接按照已形成的固定看法即可得出結論，這就簡化了認知過程，節省了大量的時間、精力。消極的一面表現為：在被給予有限材料的基礎上得出帶有普遍性的結論，會使人在認知別人時忽視個體差異，從而導致知覺上的錯誤，妨礙對他人作出正確的評價。與之相區別的，偏見指的是對一個社會群體及其成員的正向或負向的評價，歧視指的是直接指向一個社會群體及其成員的正向或負向的行為。

【群體】　指由有某種共同特徵、從事某種共同活動或處在某種相同環境下的兩個人以上的集合體。在傳播學中，主要研究大眾傳播對於群體的影響、個人與群體的關係以及群體與群體之間的傳播等。一般的群體都有自己的行為規範和準則，成員均受其制約和影響。群體是影響個人傳播活動和傳播效果的社會環境和因素。一般可分為基本群體、參照群體和偶然群體三類。基本群體指由有長期、密切關係的人組成的相對穩定的群體，如家庭、學校、企業等，是傳播學研究的主要對象。參照群體是在個人心中用來明確自己的信仰、態度和價值觀念並引導自己行為的，被視為參考標準的群體，如尚未加入共青團組織的青少年，常將本校共青團組織成員作為自己的參照群體。參照群體具有提供規範和進行對比的作用。偶然群體指原先互不相識的人臨時處在一個相同環境下形成的群體，比如電影院的觀眾、地鐵裏的乘客等等。偶然群體的成員雖互不相識，但也共同遵守所處環境的公共準則，如不准吸煙等。

【話語權】　指的是説話權，説話和發言的資格和權力，也是控制輿論的權力。話語權是指一種信息傳播主體潛在的現實影響力。話語權往往同人們爭取經濟、政治、文化、社會地位和權益的話語表達密切相關。例如，對已有事態的解釋權、對自我利益要求的申訴權、對違法違規的舉報權、對欺騙壓迫的抗議權、對政治主張的闡發權、對虛假事件的揭露權、對罪惡事實的控訴權、對錯誤觀點的批判權等等，都屬於話語權。

【偏見】　偏見是對某個人或團體所持有的一種不公平、不合理的消極否定的態度，是人們脫離客觀事實而建立起來對人、事物的消極認識與態度。大多數情況下，偏見是僅僅根據某些社會群體的成員身份而對其成員形成的一種態度，並且往往是不正確的否定或懷有敵意的態度。偏見既不合邏輯，也不合情理，一旦產生偏見又不及時糾正，扭曲後或可演變為歧視。形成偏見的原因有：（1）在動機慾求的過程中，與障礙對象間的利害衝突帶來不滿而形成偏見。（2）因溝通不足產生誤解，使過往的某種成見轉化為固定不變的偏見。（3）受到生活環境中多數人的風氣認識影響，在從眾心理支配下形成個人偏見。（4）個人的片面經驗逐漸形成偏見。（5）在與家庭、朋友、師長的學習接觸中，從他人那裏接收來的偏見。（6）大眾傳播媒介提供不準確信息，使受眾形成對某人某事的偏見。（7）個人的狹隘、妒忌心理也容易產生偏見。偏見的形成與不同的輿論主體群有關。輿論偏見常見的行為方式是偏聽、偏信，在言語中明顯透露出偏激、偏袒、偏向或毀譽的指向。

【禁忌】　指在一些特定的文化或是在生活起居中被禁止或忌諱的言語、行為或思想。如果被禁止的是某些詞彙或物品的話，則稱為禁忌語、禁忌物或禁忌品。禁忌也可視為一個群體所特有的關係結構的象徵，一個群體對禁忌的遵守是其群體成員的標誌。禁忌的原因可能包括不合乎禮儀、具有污辱的含義、違反道德倫理、觸犯法律、具有危險性、傳統的迷信等等。

【歧視】 歧視就是不平等看待，是直接針對某個特殊群體成員的行為，由帶有偏見的認知引起，直接指向偏見目標或受害者的那些否定性的消極行為。通常每個人都有歧視他人的行為，不過表現在不同的領域裏，表現程度也各不相同。從社會的角度看，歧視是不同利益群體間發生的一種情感反應及行為。歧視一般由歧視方和被歧視方兩個利益群體構成。

【受眾】 新聞媒體的傳播對象和各種文化、藝術作品的接受者，包括報刊和書籍的讀者、廣播的聽眾、電影電視戲劇的觀眾、網民等等。可以有很多種分類方式，按按觸媒介的方式，可分為讀者、聽眾、觀眾以及網絡瀏覽者等等。受傳者既可以是某個個體，也可以是某個群體或某個社會組織。受眾得到信息後會根據自身的理解，產生相應的反應。受眾使用大眾傳播媒介的動機可以是了解外部世界的變化狀態、獲取新聞時事，進行消遣娛樂、追求精神上的滿足和享受，獲取知識、接受教育、提高科學文化水平等等。

【意圖】 希望達到某種目的的打算，清楚意識到要爭取實現的目標和方法的需要。它通常以僅僅是設想而未付諸行動的企圖、願望、幻想、理想等方式存在。意圖作為動機是推動人去行動的現實力量。人在清醒的狀態中，絕大部分的活動都是有意圖的。該詞沒有特別的情感色彩傾向，屬中性詞彙。

【語氣】 說話和表達的口氣，也即說話和表達時流露出的感情色彩，表示說話人對某一行為或事情的看法和態度。漢語中影響語句語氣的主要有語調、語氣詞、副詞（表示語氣）、歎詞，句式變化和語境對語氣也有重要影響。句子的語氣可分為陳述、疑問、祈使、感歎四種基本的語氣。現代漢語常用語氣詞"的、了、嗎、呢、啊、吧"等和語調表示各種語氣。比如，"啊"能增加感情色彩，使語氣舒緩；"呢"指明事實不容置疑，略帶誇張或疑問；"吧"表示猜度或商量的口氣；"了"表示變化已實現；"的"表示情況確實如此。語氣由一定的思想感情和具體的聲音形式兩方面組成，內在的情感是核心，具體的聲音是表現形式。語氣存在於有具體語境的語句中，可以幫助將想要表達的意境更準確地表達出來。

【**語調**】　説話的腔調，就是一句話裏語音高低輕重的配置。也指説話時的語氣和停頓。也可以指作者表達其旨意時所持的態度與腔調，有時與主要人物觀念一致，有時保持距離以進行批判。

【**隱語**】　社會習慣語的一種。舊時有的社會集團為避免外人了解某些情況而創造使用的秘密詞語，如強盜將綁架來的人稱為"肉票"。

【**階級習慣語**】　社會習慣語的一種。某些階級為適應自己的特殊需要而創造使用的特殊用語。階級習慣語可表明某種階級意識，但沒有自己的基本詞彙和語法。如封建士大夫稱天子死為"崩"，諸侯死為"薨"，帝王自稱為"寡人"。

【**同行語**】　也稱行業語、行話，社會習慣語的一種。各行業為適應自己的特殊需要而創造使用的詞彙，如醫務界的"會診""休克"。其中有些因經常使用被吸收到共同語中，成為一般詞語。

【**政治語言**】　指社會政治生活中所使用的語言。政治語言大體可分為政令語言和政論語言兩類。

二、語言與大眾傳播

【媒介】 一般指傳播媒介、信息傳遞的載體。傳播媒介是傳播者發送信息與受傳者接受信息的工具，是聯繫傳播者與受傳者的紐帶，一般有人際傳播媒介和大眾傳播媒介之分。大眾傳播媒介又有印刷媒介和電子媒介兩類。

【大眾傳播媒介】 完成大眾傳播活動的中介物。傳播者發送信息、受傳者接受信息的工具和手段，聯繫傳播者與受傳者的媒介。泛指為社會公眾公開傳播和提供大量信息的工具，如報紙、刊物、書籍、廣播、電視、電影、互聯網等等。特指傳遞和接收新聞性信息的工具，如報紙、新聞時事性期刊、廣播、電視、互聯網網站、手機客戶端等，通稱新聞傳播媒介。

【傳播】 人與人之間所進行的信息交流過程，人類社會普遍存在的現象。人們進行信息交流活動的目的在於交流思想、感情、生產生活經驗、知識、消息等，以便互相了解、溝通、傳承等。傳播活動主要通過符號系統進行，作為傳播信息的載體，符號可分為語言符號和非語言符號。根據傳播的方式、內容、渠道和對象不同，大致可分兩類：人與人面對面直接交流的稱為人際傳播，藉助大眾傳播媒介進行間接交流的稱為大眾傳播。一個完整的傳播過程應該有傳播者、傳播內容、傳播媒介、傳播對象、傳播效果及檢驗傳播效果的反饋。

【信息源】 構成傳播的要素之一，指信息發源地，即傳播過程的始發地。一般有兩層含義：一是指傳播過程的始發端，即信息的發送者，包括傳播者和機械裝置；二是泛指信息產生的策源地，即事件發生的現場以及有關事件的知情者、傳播者（記者、編輯）。獲取信息的途徑主要是親臨現場採訪或依靠有關知情者提供的信息。信息來源是否真實可靠，所提供的信息是否準確，是影響傳播效果的重要因素。

【勸服】 又稱説服。傳播者試圖通過大眾傳播的信息來改變受眾的態度和行為的一種有目的的活動。傳播的目的除了交流、溝通，還包括有意識地影響對方，使其按自己的意圖行事。古希臘哲學家亞里士多德曾提出勸服的三個必備條件，即傳播者的品質、傳播的方式方法和傳播的內容本身。一般來説，大眾傳播媒介上的評論性、宣傳性、輿論性以及娛樂性信息，都包含有角度的勸導和説服因素。

【大眾】 泛指大多數社會成員，社會的各類公眾的總和。在大眾傳播中指作為傳播客體的受眾。大眾人數眾多，成分複雜，分佈廣泛，不是有組織的團體，而是分散在各處的性格各異、興趣愛好不同、使用傳播媒介動機也不同的個人。

【大眾傳播】 人類社會信息交流的方式之一。社會媒介組織通過報紙、雜誌、書籍、廣播、電視、網絡等大眾傳播媒介，以特定的多數人為傳播對象而進行的大規模信息生產和傳播活動。其特點有：（1）傳播者通常是受過專門訓練並具有專業知識的職業工作者，如記者、編輯和主持人等。（2）使用的手段包括印刷媒介（報紙、雜誌、書籍等）和電子媒介（廣播、電視、電影、網絡等）。（3）傳播的內容是公開的、包羅萬象的，任何人只要付出一定費用或具有接收裝置，都可以使用。（4）傳播對象是分散的、無組織的、不固定的社會公眾。與人際傳播相比，其主要優點是速度快，時效性強，包含的信息量大，涉及的知識面廣，領域廣泛，不受時空限制，形式靈活多樣，易於保存和複製；其主要缺點是傳播者與受傳播者實際處於不平等地位，傳播者多處於支配地位，而被傳播者則往往處於被動地位。

【大眾文化】　又稱通俗文化。為社會大多數人所接受的、反映大眾的興趣和愛好的文化表現形式。它是大眾傳播媒介普及和發展的直接產物，包括通過視、聽、讀等途徑傳播的一切通俗的藝術、娛樂形式，如通俗歌曲、娛樂影片、暢銷小説等。一般來説，受眾在接收大眾文化的作品時無需特殊的智力和修養。相反，不屬於通俗文化範疇的交響樂、芭蕾舞、古典歌劇、嚴肅文學作品等受眾相對較少，而且需要相對較高的文化水平和藝術修養。大眾文化對於普及文化知識、娛樂生活、繼承民間和民族文化傳統具有重要作用，但其作品往往具有較強的商業化傾向。

【傳播對象】　傳播過程的基本要素之一，又稱受傳者、受眾。指傳播信息的接受者和使用者，大眾傳播媒介產品的消費者，傳播過程的終點，傳播信息的歸宿。受眾是傳播效果的體現者和傳播活動的積極參與者。

【傳播方式】　人類傳遞信息所採用的方法和形式。遠古時期，人類傳遞信息的方式十分簡單，通常是採用結繩記事、火光、鼓聲、音樂、舞蹈等形式。語言和文字的出現，使人類傳播得以擺脫時空限制，擴大了傳播的深度和廣度。近代印刷術的發明、現代電子傳播媒介的出現和同步通訊衛星、光導纖維通訊等先進傳播技術將人類傳播活動推向更為發達的程度。人類的傳播方式大致有四種：（1）內向傳播。它是存在於人的內部的思維活動，是個人同自我的內心交流，是為了適應周圍環境而進行的自我調理，通常表現為思想。（2）人際傳播。它是個人與個人之間的信息傳播，既包括面對面的直接傳播，也包括雙方通過書信、電話、網絡等媒介的間接傳播。（3）組織傳播。組織是社會中相近或相似的個體有目的的組合，如機關、學校、公司等。社會中的個人通常都屬於一定的組織。在這些組織中，有步驟、有領導地進行內部成員間、組織與群體間的信息交流活動。（4）大眾傳播。通過印刷品或電子傳播媒介進行的信息傳播。

【傳播效果】　傳播過程的基本要素之一，指傳播內容對受眾思想、態度和行為影響的程度，是傳播目的的最終體現。傳播效果研究與受眾研究關係密切，因為受眾是傳播內容的接受者和效果的體現者。受眾對大眾傳播的內容並不是消極地、被動地、不加分析地全部接受，受眾對信息的接受和處理會受到社會因素和個人心理因素的制約。一般來說，大眾傳播可以在三方面產生效果：一是對受傳者個人的影響，二是對群體的影響，三是對社會的影響。從受眾的角度看，大眾傳播產生的效果可以有三種形式：一是直接效果，二是間接效果，三是潛在效果。從傳播者的角度，大眾傳播可以產生正效果（與傳播者原來所期望的結果一致），也可產生負效果或反效果（與傳播者原來預想的結果相反）。

【反饋】 原為物理學中的概念，指發出的電波信號的回流。在傳播學中指受眾對傳播者所發出的信息的反應。受眾回傳給傳播者的信息稱為反饋信息。傳播者通過反饋信息來調整、修改、補充下一次傳播的內容、方式、渠道、時間和形式等，以加強針對性，使傳播內容更容易為受眾所接受，進而收到更好的傳播效果。反饋是構成傳播過程的要素之一，它使傳播過程具有雙向性質。信息傳播與信息反饋相互依存，相互作用。

【符號】 傳遞信息的載體，人類傳播活動必不可少的要素。一般分為語言符號和非語言符號，語言符號是藉助聲音傳情達意的，非語言符號指人的姿態、動作、面部表情、手勢等。文字是記錄語言的符號。人們通過符號系統進行信息交流時，必須對符號有一致的理解。同樣的符號在不同國家或民族有不同的含義，比如漢字"汽車"二字，中日兩國都使用，但在日語裏是指火車。

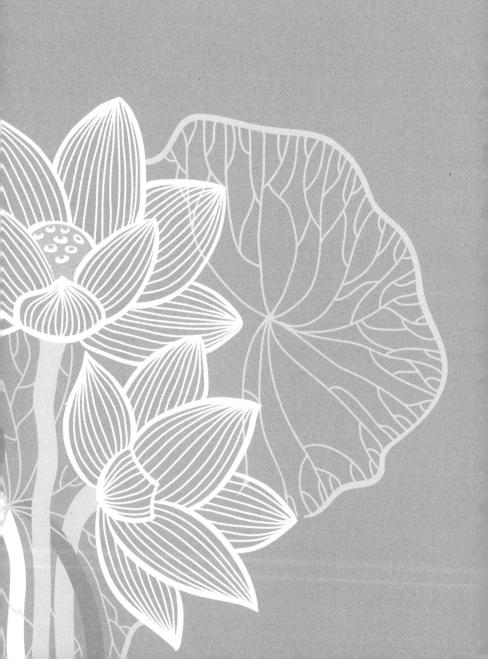

第五部分　英文文學常用術語

一、修辭學

二、敘事學

三、文藝心理學

四、文藝散論

一、修辭學

【Allegory】 寓言是一種象徵手法。它有悠久的歷史，通過有象徵意味的人物、行為、意象或者事件傳達出更抽象、宏大的概念，表達出作者的道德、精神或政治理想。寓言性的故事及詩歌有兩層含義──字面意思和象徵含義。例如：在《Animal Farm》中，Snowball 代表 Leon Trotsky。再如：在《The Pilgrim's Progress》中的角色有 Hopeful 和 Talkative。

【Alliteration】 押頭韻是指多個單詞連用，並且它們的首字母都屬於相同的音群，可能是輔音或是特定的元音組。通常來說，押頭韻為輔音在兩三個單詞中重複。重複的單詞頭韻可以在句子中營造一種由相似發音組成的迴環往復的效果。多個單詞的首字母相同也能產生押頭韻的效果。例如："She sells seashells by the seashore." 再如："Peter Piper picked a peck of pickled peppers."

【Anagram】 字謎是一種很受歡迎的文學技巧。作者將一個單詞或短語的字母重新組合，從而創造出一個新的單詞或短語。字謎使作者可以在寫作中為自己的想法創造替代性的名字，讀者可以自己破譯真實的單詞，並發現背後深層的含義。例如："Election results─Lies, let's recount"，它向人們暗示了 " 選舉結果往往是謊言 "。再如："Dormitory─dirty room"，非常幽默地暗示了 " 宿舍往往是很髒的房間 "。

【Analogy】 類比是一種文學手法，著重於對事物間共性的展現，在兩個相似的事物、概念或思想間建立聯繫。通過類比，可以使舊概念成為理解新概念的基礎。例如："You can't make an omelette without breaking a few eggs."

【Anastrophe】 倒裝是一種文學技巧，指詞語的順序和正常語序調換。如在標準的口語表達和寫作中，形容詞放在名詞前面，而有的作品中，名詞和形容詞的位置是互換的。例如："Ask not what your country can do for you——ask what you can do for your country."

【Anthropomorphism】 擬人化就是將人類的品質、情感或意志賦予非人類的對象。這種把人的特質賦予非人主體的行為，通常是為了使讀者對主體產生喜愛之情，同時也使主體具有個性。例如：在迪士尼的影片《Beauty and the Beast》中，時鐘 Cogsworth、燭台 Lumiere 和茶壺 Potts 女士都具有人類的情感和品質。

【Antithesis】 對照指的是作者將兩個分量相當，意思鮮明對比的內容放在一起。無論是句子中的單詞還是短語，都使用反命題來創建鮮明的對比，兩個不同的元素組合在一起創建出一個統一的整體，通過互補創造出一幅生動的畫面。使用對照的修辭方法，往往能揭示出事物的矛盾性，使句子變得機智、巧妙、雋永，蘊含哲思。例如：Charles Dickens 的 《A Tale of Two Cities》的開頭 "It was the best of times, it was the worst of times, it was the age of wisdom, it was the age of foolishness..." 再如："Life can only be understood backwards; but it must be lived forwards."

【Archaic】 仿古主義使用舊式的語言和藝術，是現在很少使用的寫作及演講技巧。仿古主義主要體現在詞彙、短語甚至是句法方面。作家有意識地在文學作品中使用仿古主義為自己的作品增加厚重感。很多歷史小説家也喜歡使用這種技巧，以突出作品中的角色生活在另一個時代的效果。例如：John Donne 的 "Therefore, send not to know / For whom the bell tolls, / It tolls for thee."

【Caricature】 諷刺漫畫是描述性寫作和視覺藝術中使用的一種手法，通過詞語描述，使人物的某些方面被誇大，其他角色的特點被簡化，從而產生一種愚蠢或滑稽的效果。諷刺漫畫可能是侮辱性的或讚揚性的，可能為政治目的服務或純粹是為了搞笑。例如："In the first Rank of these did Zimri stand: / A man so various, that he seem'd to be / Not one, but all Mankinds Epitome. / Stiff in Opinions, always in the wrong; / Was every thing by starts, and nothing long..."

【Chiasmus】 交錯配列法是指在兩個句法並列平行的短語或句子中，短語或句子的後半部分以相反的順序重複前半部分的詞語，創造出一種鏡像反射的效果。交配錯列的結構一般是 ABB'A'。例如："One should eat to live, not live to eat."

【Conceit】 奇喻原指概念或意象，後來用作修辭術語，表示令人稱奇的對比，即在截然不同的事物或情形之間炮製出的類比。奇喻將兩個截然不同的對象通過明喻或隱喻的方式聯繫在一起。例如："Two faithful fountains / Two walking baths, two weeping motions / Portable and compendious oceans."

【Ekphrastic】 藝格符換是一種藝術形式。Ekphrasis 源自希臘文 Ekphrazein，本是西方古典修辭學的技術術語，指栩栩如生地描述人物、地點、建築物及藝術作品，在近古和中世紀的詩歌中大量運用。隨著現代跨學科、跨媒介、跨藝術研究的興起，藝格符換的範疇也在不斷擴大，已經不局限於對藝術作品的語言描述。現代意義上的藝格符換可以用來指代不同藝術媒介和不同藝術文本之間的轉換或者改寫。例如：圖像文本轉換為語言文本的 "藝格符換詩"《七湖詩章》、語言文本轉換為圖像文本的 "藝格符換畫"《麗達與天鵝》、語言文本轉換為舞蹈藝術的 "藝格符換舞"《天鵝湖》等。

【Euphemism】 委婉語指為了避免不悅或尷尬而採用的含蓄婉轉的表達，即使用相對溫和或更文雅的詞來代替那些強烈的或難以啟齒的話語。委婉語常用於談及宗教、死亡、身體功能和與性有關的話題。例如：《Othello》中的 "I am one, sir, that comes to tell you your daughter and the Moor are now making the beast with two backs." 現在的日常生活語境中也常使用委婉語。例如：用 "Comfort station" 來指代 "toilet"。

【Euphony】 諧音指恰當地使用單詞和短語，使句子呈現出聲樂效果。諧音是和諧悅耳、富於樂感的語言。例如："Rats! / They fought the dogs and killed the cats" 以及 "Split open the kegs of salted sprats, / Made nests inside men's Sunday hats" 都是典型的例子。

【Foil】 在故事中，陪襯是與主人公形成鮮明對比，加強或突出主人公獨特性的人物。陪襯不一定是反面角色，但是他們的存在一般來說都是為了突出強調與主角不同的性格特質。例如：在《Hamlet》中，善於行動的 Laertes 襯托了 Hamlet 的拖沓。再如：在《Pride and Prejudice》中，溫和柔順的姐姐 Jane 襯托出妹妹 Elizabeth 的意志堅定。

【Hyperbaton】 倒裝是一種文學手法，作者在作品中對單詞和短語進行調位，創造一種不同結構的句子，來表達同樣的意思。倒裝可以讓作者超越傳統的語法規範和語用習慣，為讀者帶來更為複雜甚至有挑戰的閱讀感受。例如："Some rise by sin, and some by virtue fall."

【Hyperbole】 誇張是一種修辭手法。作者為增強表達效果，使用特定的詞和短語把事物明顯地誇大或縮小，使之更加鮮明生動，給人留下深刻印象。在文學作品中，誇張讓感情顯得更為突出、強烈。例如："A day was twenty-four hours long but seemed longer. There was no hurry, for there was nowhere to go, nothing to buy and no money to buy it with, nothing to see outside the boundaries of Maycomb County."

【Irony】 反諷指玩兒詞語把戲，是一種帶有諷刺語氣的表達技巧，指為了追求幽默的效果或達到強調的目的，在文中掩蓋或隱藏話語的真實含義，而作者所要表達的含義剛好與字面的意思相反。讀者通常需要結合上下文來理解作品中的反諷。

【Litotes】 曲言法，也稱婉曲，是一種常用的修辭手法，指不直接説出本意而採取含蓄的方式將本意表達出來。曲言法常使用否定的表述來表達肯定的含義。曲言法是一種謹慎的表達方式，通常用來表達不愉快的事情。例如："Indeed, it is not uncommon for slaves even to fall out and quarrel among themselves about the relative goodness of their masters, each contending for the superior goodness of his own over that of the others."

【Metaphor】 隱喻最主要的觀點如下：（1）相似觀點。隱喻是一種隱晦的比喻，本體和喻體同時出現，兩者之間的聯繫和相似之處是暗含的。隱喻的主要目的是使修辭力更強，使文體更生動、話語更活潑。例如："John is a pig."（2）相互作用觀點。隱喻將本體和喻體根本不同的 " 想法 " 結合在一起，以此形成 " 兩者相互作用的結果 "。（3）語用觀點。隱喻指的是詞語在字面釋義中所表示的意義，別無他指。這種字面陳述可以暗示、引導讀者注意可能會忽略的意義。（4）認知觀點。隱喻在語言中是無處不在、不可或缺的。隱喻持續而深刻地構建了人類理解事物的方式以及思維的方式。例如："Time moves." 再如："Life is a play."

【Metonymy】 轉喻指甲事物與乙事物並不類似，但有著密切的關係，在文學作品中用乙事物的名稱來指代甲事物。轉喻的重點不在於相似，而在於聯想。例如："The pen is mightier than the sword."

【Onomatopoeia】 擬聲詞，也稱回聲詞，有狹義和廣義兩種用法。在狹義上，擬聲詞指詞或詞的組合發音與所表現的實際聲音相似。通過模仿人、動物或事物的聲響，以達到使語言生動形象、渲染氣氛、打動讀者的目的。在廣義上，擬聲詞指的是與所表現的事物在聲音、大小、運動、觸感、力量等任何方面似乎都相互對應，或能引發類似聯想的詞或文字。例如："The moan of doves in immemorial elms, / And murmuring of innumerable bees." 再如："When Ajax strives some rock's vast weight to throw, / The line too labors, and the words move slow; / Not so, when swift Camilla scours the plain, / Flies o'er the unbending corn, and skims along the main."

【Oxymoron】 矛盾語是一種重要的文學手法。它是指前後兩句話或同一句話的前後兩部分，多以並列結構呈現，字面意思自相矛盾、荒誕不經、不合邏輯，但仔細想來卻內涵深刻、意味深長。例如：“Good night, good night! / Parting is such sweet sorrow, / that I shall say good night / till it be morrow."

【Pathetic fallacy】 感傷謬誤是一種文學手法，是擬人化的一種，通常表現為將動物或事物賦予人的感情。通過運用感傷謬誤，作家為無生命的事物賦予了生命。此外，感傷謬誤可以幫助讀者獲得一個全新且頗具創造性的視角。例如：在 Emily Bronte 的《Wuthering Heights》中有大量運用感傷謬誤的例子，小說的名字本身也是一則明證。

【Periphrasis】 迂迴指使用過多的語言或多餘的詞語來表達某種意思，而這種意思本來可以用更少的詞語或更直接的方式表達清楚。常見的是用兩個詞或更多的詞來傳達一個詞可以表達的意思，如 “more lengthy” 代替 “longer”、“give a presentation” 代替 “present” 等。使用迂迴的文學手法可以更好地修飾句子，造成旁敲側擊的效果，並使讀者的注意力從所傳達信息的關鍵部分轉移開。有時，作家有意識地在人物對話中使用迂迴手法，以顯示人物囉嗦、受教育程度低或者過於禮貌等特點。

【Personification】 擬人是最常用的文學手法之一，指為無生命的事物或抽象的概念賦予人的氣質或情感。例如：

"Sky lowered, and muttering thunder, some sad drops / Wept at completing of the mortal sin."

【Pun】 雙關語是一種非常流行的文學手法，指用一個詞來暗示兩個或多個可能的意思。雙關語也可以指用發音相似但意義截然不同的單詞進行文字遊戲。利用字詞同音或多義的特點，言在此而意在彼，使語句具有多重含義，這樣做通常是為了營造幽默或諷刺的效果。文學作品中的雙關語是作者表現語言創意的一種方式，作者可以藉此展現自己的聰明、表現文本中人物的機智。例如：在 Oscar Wilde 的作品《The Importance of Being Earnest》中，大多數的喜劇效果都來自於幾個角色假裝自己是 Earnest。

【Sarcasm】 挖苦指貌似表揚實為貶損、粗魯嘲弄的做法，有時也可以等同於反諷。使用挖苦的文學手法，通常通過諷刺、扭曲或其他形式的冷笑話來輕描淡寫地進行敘述，把讀者的注意力吸引到已經顯而易見的事實上。挖苦在文學作品中的基本目的是使故事讓讀者感到真實，挖苦也可用作掩飾，或用作一種防禦的機制。例如："Two roads diverged in a wood, and I— / I took the one less traveled by, / And that has made all the difference."

【Satire】 在文學作品中使用諷刺通常是為了詼諧地揭露人性的弱點或角色性格的缺陷，多包含糾正或改善被諷刺者行為的目的。諷刺手法的運用一般是想達到幽默的效果，但其更廣泛的目的是批評社會問題，用幽默引起讀者對社會問題的關注。例如：《Gulliver's Travels》中 "that for above seventy moons past, there have been two struggling parties in this empire, under the names of Tramecksan, and Slamecksan, from the high and low heels on their shoes, by which they distinguish themselves"，作者諷刺了英國當時的兩黨爭端。

【Simile】明喻是最常用的文學手法之一，指對兩個不相關、不相似的事物、人、地點或概念之間進行比較或對比。在明喻中本體、喻體和比喻詞通常同時出現。作者常用 "like" "as" 對兩種明顯不同的事物加以明確比較。例如："And ice, mast-high, came floating by, / As green as emerald."

【Stanza】詩節是指詩歌中的詩行群，常用空行隔開。某一特定詩歌的詩節通常以反覆出現的押韻格式為特徵，各詩節中的詩行行數相同、長度一致。最基本的詩節通常是每組四行，最簡單的押韻格式是 "A-B-A-B"。有些學者用詩節來特指包含四行或四行以上的詩節劃分。例如："The curfew tolls the knell of parting day, / The lowing herd wind slowly o'er the lea, / The ploughman homeward plods his weary way, / And leaves the world to darkness, and to me."

【Symbol】從最廣泛的意義上說，象徵是指任何能夠指代某一事物的事物。就此意義而言，所有的詞都是象徵。在討論文學時，象徵指的是指代某一事物或事件的詞或短語，而被指代的事物或事件本身又指代了另一事物或具有超越自身的參照範圍。一些象徵是約定俗成的，如 "the Cross" "the Red" "blue and white"。許多詩人也會使用私人的、個人化的象徵，如 William Blake 筆下的 "rose"。象徵所使用的物象，其潛在含義比字面意思更為重要。例如：人們常把孔雀與高傲、老鷹與英勇、朝陽與誕生、落日與死亡、登山與努力等聯繫在一起。

【Synecdoche】 提喻是一種文學手法，它通常表現為以抽象喻具體、用局部代整體，反之亦然。例如：用 "hands" 指代 "manual labourers"。提喻在本質上有修辭意味，可以為常見的觀點和事物賦予更深的意義。此外，提喻還可以使作家的語言更加簡潔。例如："The soldiers were equipped with steel." 比 "The soldiers were equipped with swords, knives, daggers, and arrows." 更簡潔。

【Synesthesia】 共感字面上指的是一種或多種感覺形式相互結合的醫學狀態，在文學作品中指的是對不同感覺之間緊密聯繫或結合的描述，也稱通感。用一種感覺描述另一種感覺，可以是用色彩描繪聲音、用氣味描繪色彩、用聲音描繪氣味等。例如："Some books are to be tasted, others to be swallowed, and some few to be chewed and digested."

【Verbal irony】 言語反諷是指說話人話語的隱含意義和表面的陳述大相徑庭。它是說話人故意為之的產物，與說話人的情緒和行為是矛盾的。用表面褒義的詞語來表達相反的含義，可以達到幽默或加劇諷刺的效果。例如："It is a truth universally acknowledged that a single man in possession of a good fortune must be in want of a wife."

二、敘事學

【Ambivalence】 模糊一詞最先出現在精神分析學中，指在想要某種東西和與它相反的東西之間持續的波動起伏。作為文學手法，模糊指對某事物、人或行為同時有喜歡和厭惡的情感。例如："And I can't be running back and forth forever between grief and high delight."

【Anecdote】 趣聞是指對有趣的事件或故事簡短的口頭描述。趣聞通常來自敘述者的回憶，是與事實相關的事件，並不是虛構的。趣聞多具有趣味性，但又與笑話不同。趣聞的主要目的不在於讓人感到歡樂，而是從更廣泛的意義上展示抽象的道理或者塑造人物的特點。例如："Many years had elapsed during which nothing of Combray, save what was comprised in the theatre and the drama of my going to bed there, had any existence for me, when one day in winter, on my return home, my mother, seeing that I was cold, offered me some tea, a thing I did not ordinarily take. I declined at first, and then, for no particular reason, changed my mind. She sent for one of those squat, plump little cakes called 'petites madeleines', which look as though they had been moulded in the fluted valve of a scallop shell."

【Bildungsroman】 主人公成長小説也稱為教育小説，指作者把情節建立在主人公在整個故事時間軸的整體成長上，是一種非常流行的講故事方式。這類小說的主題是表現主人公生理、思想、性格、情感、道德等方面的發展。主人公可能從童年開始經歷各種遭遇，之後經歷一場精神危機，然後長大成熟，認識到自己在世間的位置和作用。小說中，主人公的觀點和夢想往往與故事中的其他角色不同，形成鮮明對比，主人公以自己的方式為實現目標而奮鬥。Charlotte Bronte 的《Jane Eyre》、Charles Dickens 的《Great Expectations》都是典型的例子。

【Cacophony】 在文學中，這個詞指的是尖鋭、刺耳、粗糙的聲音混合使用來達到預期的效果，其中輔音的使用居多。音色的不協調不僅指發音拗口，也有語義晦澀及語音不暢方面的因素。作家用不和諧的詞來描述不和諧的情況，一般用於描寫戰爭場景或形容情感的巨大波動。讀者可以透過這樣的文字描繪感受到情境的不愉快。例如：“And being no stranger to the art of war, I gave him a description of cannons, culverins, muskets, carabines, pistols, bullets, powder, swords, bayonets, battles, sieges, retreats, attacks, undermines, countermines, bombardments, sea-fights...”

【Caesura】 行間停頓指詩行中間較強的片語停頓，一般用 "//" 表示。它在句子中創造出各種各樣的斷裂，在斷裂中，兩個分開的部分相互區別，而彼此又有內在聯繫。使用行間停頓的目的是豐富韻文的格律變化，並加強語氣。

【Characterization】 人物塑造，即塑造獨特的人物形象。文學中的人物塑造是指作者一步一步地介紹和描述人物的過程。人物塑造的手法大致分為展示與講述兩類。人物塑造可以由作者直接描述，也可以通過人物的行動、思想和言語間接描述。例如："Mr. Bennet was so odd a mixture of quick parts, sarcastic humour, reserve, and caprice, that the experience of three and twenty years had been insufficient to make his wife understand his character. Her mind was less difficult to develop. She was a woman of mean understanding, little information, and uncertain temper."

【Circumlocution】 迂迴是一種寫作方法，指使用誇張的長而複雜的句子來傳達原本可以通過更短、更簡單的句子表達的意思。作者以間接的方式陳述觀點或想法，故意讓含義變得模糊，可以讓讀者猜測並領會其真正的意思。在詩歌中，有意識地使用迂迴往往是為了製造韻律感。例如："I was within a hair's-breadth of the last opportunity for pronouncement, and I found with humiliation that probably I would have nothing to say."

【Denouement】 結局是一種文學手法，指小說中複雜問題的解決，或故事中所有的 " 結 " 都解開了。結局多在最後的章節，通常是在結尾處。一般來説，喜劇的結局是人物比開始時更快樂，而悲劇的結局是人物比開始時更悲傷。例如："A glooming peace this morning with it brings; / The sun, for sorrow, will not show his head. / Go hence, to have more talk of these sad things; / Some shall be pardon'd, and some punished: / For never was a story of more woe / Than this of Juliet and her Romeo."

【Deus ex Machina】 解圍指作品中那些牽強附會、不切實際的表現手段，如一個泄漏隱情的胎記、一筆出人意料的遺產、一封失而復得的密信，作者以此作為衝突的解決方案。解圍是一種頗具爭議的文學手法，多被視為情節糟糕的標誌，一般不推薦使用。Charles Dickens 的《Oliver Twist》和 Thomas Hardy 的《Tess of the d'Urbervilles》等名著中也有這類鮮明的例子。

【Diction】 措辭是作品的獨特基調，這種基調可以是仿古的，可以是正式的或口語化的，可以是抽象的或具體的，也可以是表面意思的或具修辭意味的。措辭通常是參照現行的寫作、演講標準來判斷的，是作品水平的評判標準之一。措辭也指對詞或短語的選擇，是作家特有風格的一個組成部分。例如：某些現代作家用 "thy" "thee" "wherefore" 這些古老詞彙來給自己的作品注入莎士比亞式的風格。

【Doppelganger】 這個術語的字面意思是 "雙行者"，指的是故事中的某個角色實際上是一個冒牌貨或其他角色的複製品。二重身通常具有模仿原型的能力，可以欺騙其他角色，但和原型有著截然不同的精神世界。雙行者的設置可以為故事情節製造衝突，《Hamlet》中 Hamlet 父親的鬼魂就屬此例。俚語中也常使用這一手法，指一個人的外形或行為與另一個人相似。

【Dramatic irony】 戲劇反諷是一種有用的處理情節的手段，觀眾可以先於主角了解更多的情況、衝突的原因以及角色的心意，通常見於戲劇或小說中。希臘悲劇作家取材於人們熟知的傳說，就時常採用戲劇反諷的手段。Sophocles 的《Oedipus the King》就是一例錯綜複雜的戲劇反諷。

【Epilogue】 尾聲是故事或詩歌的內在組成部分，在任何書面形式的結構中都是必不可少的。有時候尾聲在故事結束後，對主角的生活或未來進行一些補充說明。有時候尾聲處劇本中的角色會出場與觀眾直接對話。例如：" A glooming peace this morning with it brings; / The sun, for sorrow, will not show his head. / Go hence, to have more talk of these sad things; / Some shall be pardon'd, and some punished: / For never was a story of more woe / Than this of Juliet and her Romeo."

【Exposition】 闡述是一種文學手法，用來向讀者介紹作品的事件、背景、人物或其他元素，將讀者與主要故事聯繫起來。小說、劇本、文章和雜誌基本上都依賴於闡述，沒有了闡述就失去了精髓。闡述不僅對小說、劇本的清晰度很重要，對提高其文學價值也很重要。文學作品的精華往往在於如何向讀者介紹其中的人物，使讀者主動地與他們產生情感關聯。一般來説，闡述有序言、人物獨白、人物對話三種方式。例如：《Romeo and Juliet》中的序言 "Two households, both alike in dignity, / In fair Verona, where we lay our scene, / From ancient grudge break to new mutiny, / Where civil blood makes civil hands unclean. / From forth the fatal loins of these two foes / A pair of star-cross'd lovers take their life; / Whose misadventured piteous overthrows / Doth with their death bury their parents' strife. / The fearful passage of their death-mark'd love, / And the continuance of their parents' rage, / Which, but their children's end, nought could remove, / Is now the two hours' traffic of our stage; / The which if you with patient ears attend, / What here shall miss, our toil shall strive to mend."

【Flashback】 閃回是指插入敍述或情境來交代作品敍述開始以前所發生的事件，也稱為倒敍。閃回多以回憶、幻想的形式出現，以顯得更為自然。有時候，作者也會以一種直截了當的方式提及過去的事件。例如：“So was I once myself a swinger of birches. / And so I dream of going back to be." 再如：“I'd like to get away from earth awhile, / And then come back to it and begin over."

【Flat character】 平面人物一般是二維人物，性格相對簡單，在故事發展的過程中變化很小。平面人物在作品中只呈現單一的思想與氣質，沒有情感深度，缺乏細緻的個性表現，僅以隻言片語便完全勾勒出來。平面人物一般是配角，幫助主角追求抱負和目標。平面人物可以給故事帶來和諧、和平及喜劇效果，在複雜的敘事結構中營造一種特定的氛圍。例如：《To Kill a Mockingbird》中的 Miss Maudie 就是一個平面人物。在整個故事中，她的性格特質保持不變，在房子被火燒毀後，其積極樂觀的性格也沒有改變。

【Foreshadowing】 伏筆是一種文學技巧，指使用指示性的詞或短語，在不透露情節或破壞懸念的情況下，暗示即將發生的事情。小說中的伏筆可以製造懸念，讓讀者產生進一步閱讀的興趣。伏筆多於故事或章節的開頭出現。人物對話、情節設置、佈景變化都是常用的設置伏筆的方式，作品或章節的題目也能暗示接下來將發生的事件。例如：“My life were better ended by their hate, / Than death prorogued, wanting of thy love."

【Indirect involvement】 一種文學技巧，使讀者通過某個關鍵字詞參與其中。例如：“imagine" 是一個強有力的開場白，它要求讀者用自己的想象將情景描繪出來，可以有效地讓讀者覺得自己是文本的一部分。

【Intertextuality】 文本互涉指一個文本與其他文本間存在改編、翻譯、模仿、拼貼等關係。在結構主義和後結構主義理論中，文本具有指代其他文本或指代自己的功能。文本互涉不是從不同的文學作品中引用話語，而是從其中汲取概念、修辭或意識形態，融入新文本，賦予新文本一層意義。讀者閱讀新文本時，會對內容進行篩選，有助於增進對新文本的理解，也會對引用的前人的作品進行思考，其中相關的假設、觀點為讀者提供了不同的意義，改變了讀者對原文的解讀方式。對於作者來說，文本互涉使作者能夠以新的視角和不同的方式來構建故事。Julia Kristeva 認為，任何文本事實上都是文本互涉，通過自身與其他文本的聯繫得以存在。例如：James Joyce 的《Ulysses》就是對 Homer 的《Odyssey》的復述，但是把古希臘換成了現代都柏林作為背景。Joyce 用幾個章節回應了 Odyssey 的歷險經歷，這種文本互涉旨在展現平凡的人也會經歷某些英雄時刻的主題。

【Linear chronology】 順敘指故事是按時間順序講述的，旨在客觀地陳述信息和事件。虛構和非虛構作品中都有可能用到這種技巧。

【List of three】 把三個詞語或理由羅列出來，以強調文本的重點，使讀者更容易記住這些信息。一般來說，三個詞語或理由的羅列可以兼具簡潔和韻律的特點，使表達富有吸引力。例如："But, in a larger sense, we can not dedicate — we can not consecrate — we can not hallow — this ground."

【Meiosis】 低調陳述指使用輕描淡寫的語氣來強調觀點、解釋情況、增強戲劇效果。有時也會運用低調陳述來淡化不愉快的事情。低調陳述在古典文學、現代文學、日常生活、新聞媒體中隨處可見，可以從謙虛、幽默、沉穩、冷靜的人物語言中辨別出低調陳述，它可以使語言產生修辭效果。例如："I know you wouldn't mind it, Jig. It's really not anything. It's just to let the air in." 在以上這段話中，男主人公用 "It's just to let the air in." 來談論墮胎，使女主人公不那麼害怕。

【Motif】 母題是指文學作品中經常出現的極具影響力的特定主題，它可以是一類事件、一種手段、一項關聯或一個程式。例如："令人生厭的女子" 竟是一位美麗的公主，是民間傳說中常見的母題。抒情詩裏常見的母題是 Ubi sunt，即悲歎消逝的歲月去了哪裏；另一常見的母題是 Carpe diem，即及時行樂。

【Narrative pace】 敘事節奏指的是講述故事的速度，而它卻不一定是故事進展的速度。一般來說，敘事節奏受到場景描寫的長度、人物行為的速度等因素影響。長篇小說中作者綜合運用各種技巧來控制作品節奏，如在激烈的場景中使用短句和主動動詞，在較慢的場景中增加描寫和細節。節奏也是一種吸引觀眾的技巧，有助於維持讀者的閱讀興趣，保持故事的氛圍和敘述基調。一般來說，節奏慢的作品更能吸引年長的觀眾，而節奏快的作品更能吸引年輕的觀眾。

【Periodic structure】 周期結構指的是句子成分的特殊放置安排，如對句子主句、謂語的故意移位。這種排序使讀者只有讀到最後才能明確句子的關鍵意思，使句子有了一種戲劇性的色彩。周期結構在詩歌中廣泛應用。例如："Halfway between West Egg and New York City sprawls a desolate plain, a gray valley where New York's ashes are dumped. "

【Point of view】 視角指講述故事的方式，作者以一種或多種模式向讀者展示故事中的人物、對白、行為、背景和事件。最廣泛使用的視角是第一人稱敘事視角與第三人稱敘事視角。在第一人稱敘事模式中，敘述者以 " 我 " 的口吻講述故事，是故事的參與者或故事的主人公。例如："If you really want to hear about it, the first thing you'll probably want to know is where I was born, and what my lousy childhood was like, and how my parents were occupied and all before they had me, and all the David Copperfield kind of crap..." 在第三人稱敘事模式中，敘述者處於故事之外來講述故事中人物的經歷。例如："Emma Woodhouse, handsome, clever, and rich, with a comfortable home and happy disposition, seemed to unite some of the best blessings of existence; and had lived nearly twenty-one years in the world with very little to distress or vex her."

【Round character】 圓形人物具有複雜的感情和思想。在作品中刻畫這些人物不亞於再現生活中活生生的人，需要對之進行深入細膩的描寫。圓形人物往往會在故事中經歷一次重大的蛻變，這種轉變可以給讀者帶來驚喜。在戲劇和小說中加入圓形人物可以使內容看起來更可信，觀眾會把自己的生活和圓形人物聯繫起來。例如：《Gone with the Wind》中的 Scarlett 和《Anna Karenina》中的 Anna 都是典型的圓形人物。

【Suspense】 懸念指讀者對事件的發展及人物如何應對這些事件的期待，尤其是對那些讀者已經產生同理心的人物命運的不確定感。懸念讓讀者緊張得屏住呼吸，想要知道接下來發生了什麼，不捨得把書放下。如果故事中沒有懸念，讀者很快就會失去閱讀的興趣。例如：在 Kenneth Grahame 的《The Wind in the Willows》中 "The following evening the Mole, who had risen late and taken things very easy all day, was sitting on the bank fishing, when the Rat, who had been looking up his friends and gossiping, came strolling along to find him. 'Heard the news?' he said. 'There's nothing else being talked about, all along the river bank. Toad went up to Town by an early train this morning. And he has ordered a large and very expensive motor-car.'"

【Thesis】 論點是作品中作者想要支持和證明的觀點，多位於作品的開頭處。論點有時候是明確表達的，更多時候都是通過人物與情節的安排而暗示出來的。論點是文學作品背後的驅動力，影響作者組織觀點、建構作品，引導敘事走向道德訓誡或意識形態傳播的目的。例如："All the world's a stage, / And all the men and women merely players: / They have their exits and their entrances; / And one man in his time plays many parts, / His acts being seven ages."

【Verisimilitude】 逼真性多圍繞著事實的表象和近似性展開，是一種暗示理論或敘述可信性的方式。值得注意的是，對某事物的描述具有逼真性，並不意味著它就是真實的。在戲劇中，逼真性使觀眾產生舞台上的戲劇即是現實的錯覺。在文學作品中，逼真性使讀者將其與現實生活聯繫起來，留下深刻的印象。例如："I didn't want to go back no more. I had stopped cussing, because the widow didn't like it; but now I took to it again because pap hadn't no objections." Mark Twain 通過讓人物使用美國南部方言和白話令作品顯得非常逼真。

【Vernacular】 白話文指在寫作和口語中運用日常使用的

語言。由於接近讀者的日常對話，白話文可以加強作品的現實感，讓讀者將作品與自己的真實生活聯繫起來，引起共鳴。值得注意的是，由於人們生活地區的不同，口語表達可能會有地區性的差異。例如："Say, who is you? Whar is you? Dog my cats ef I didn' hear sumf'n. Well, I know what I's gwyne to do: I's gwyne to set down here and listen tell I hears it agin."

三、文藝心理學

【Archetype】 原型指在神話、文學作品乃至社會儀式中反覆出現、可識別的敘事策略、行為模式、人物類型、主題和意象。原型是可以被立即識別的，讀者可以在社會和文化語境中識別出原型人物和場景。原型是人類生活經驗和精神世界中的基本模式，其在文學作品中的生動再現會引起讀者的強烈反響。即使被過度使用，原型仍然是同類中最好的例子。例如：死而復生的主題是原型中的原型，它以季節的轉換和生命的輪迴為依據。文學作品中的其他原型主題、形象還有地獄行、升天堂、尋找聖父、替罪羊、有誘惑力的女性等。

【Connotation】 詞的涵義指其第二層意義、聯想和情感，指人與詞語之間超越字面定義的聯繫。例如："家"指人生活的住所，但也隱含著隱私、親密、舒適等內在涵義。再如："horse"和 "steed" 指代同一動物，但由於 "steed" 曾廣泛用於騎士或傳奇敘事作品中，它又有著不同的涵義。又如："All the world's a stage, / And all the men and women merely players: / They have their exits and their entrances; / And one man in his time plays many parts..."

【Imagery】 意象是文藝批評裏最常見且意義最廣泛的術語之一，其使用範圍包括讀者從詩中領悟到的精神畫面及詩的全部組成部分，作用是使詩歌具體而非抽象。意象有三種用法尤為常見：（1）意象指詩歌或其他文學作品中通過直敘、暗示或者明喻及隱喻的喻矢（間接指稱）使讀者感受到的物體或特性。例如："Unloved, the sun-flower, shining fair, / Ray round with flames her disk of seed, / And many a rose-carnation feed / With summer spice the humming air..."（2）意象在較為狹窄的意義上用來指對可視客體和場景的具體描繪，尤其是生動細緻的描述。例如："where a sea the purple of the peacock's neck is / paled to greenish azure as Durer changed / the pine green of the Tyrol to peacock blue and guinea grey."（3）意象指的是比喻語，尤其指隱喻和明喻的喻矢。這是意象目前最普遍的用法，新批評家認為意象是詩歌的基本成分，是呈現詩歌含義、結構與藝術效果的主要因素。在文學中，意象是最強大的手段之一，作者用詞和短語為讀者創造心理意象，幫助讀者更真實地想象作品。

【Mood】　氛圍指彌漫在作品部分章節或整部作品中的情感氣氛，是作者對主題的心理預期和情感傾向，可以使讀者對事件發展趨勢產生一種預感。氛圍可以給作品增添一些特點和獨特氣氛。例如：在《Hamlet》的開頭部分，Shakespeare 通過衛士等待鬼魂再現時簡短、緊張的對話，為全劇營造出一種緊張恐怖的基調。再如：Coleridge 在敘事詩《Christabel》中，通過開始場景的描繪烘托出一股凝聚著宗教與迷信的恐怖基調。又如：Hardy 在小説《The Return of the Native》中，把 Egdon Heath 描繪成一片烏雲籠罩的境地，這種背景使人們追求幸福的鬥爭變得渺小而徒勞。

【Nemesis】　在文學作品，特別是小説和戲劇中，報應並不是一個普通的敵人，而是指一種詩意的制裁，即正面的人物得到褒獎，反面的人物受到處罰。在作品中，人物逐漸完善自我，

以消除未來可能出現的報應。對讀者來說，報應也是一種道德
訓誡。

【Stream of consciousness】　意識流最初是心理學的術
語，用來描述清醒的頭腦中流動著的記憶、思想與情感。意識
流一詞後來用在文學中，特指一種敘事模式。意識流的敘事模
式再現人物心理活動過程的整個軌跡與持續流動。在這一流動
過程中，人的思想、回憶、期望、感情與瑣碎的聯想融合在一
起，不間斷、不受阻礙地出現。使用這種手法通常是為了以
人物思想的形式進行敘事，而不是用對話或描述來敘事，與
讀者建立更自然、親密的關係。例如：《Ulysses》中 Leopold
Bloom 的內心獨白 "Pineapple rock, lemon platt, butter scotch.
A sugarsticky girl shovelling scoopfuls of creams for a christian
brother. Some school treat. Bad for their tummies. Lozenge and
comfit manufacturer to His Majesty the King. God. Save. Our. Sitting
on his throne, sucking red jujubes white."

四、文藝散論

【Cliché】 陳詞濫調是人類表達的一種傳統形式，因使用頻率過高而失去了原始含義及新鮮感，顯得陳腐、缺乏創意，如 "point with pride" "the eternal verities" 等。在日常交談中，不加區分地運用 "alienation" "identity crisis" "paradigm" 等專業詞彙也屬於濫用詞彙。一方面，陳詞濫調是作品缺乏獨創性的表現；另一方面，由於陳詞濫調是廣泛傳播、廣為人知的，它仍具有傳遞思想與情感的社會功能。

【Didactic literature】 教誨文學是旨在闡述知識或表現道德、宗教、哲學學說的文學作品。它教授特定的道德或訓誡，提供正確的行為或思考模型。教誨文學作品可能直截了當地闡述知識或技藝的原理程序，如 Alexander Pope 的《An Essay on Criticism》和《An Essay on Man》；也可能通過例證闡述鮮明的哲理；還可能以虛構敘事或戲劇的形式體現說教，達到增強趣味性和說服力的目的，提高作品的藝術魅力，如 Edmund Spenser 的《The Faerie Queene》及 John Bunyan 的《The Pilgrim's Progress》。

【Ethos】 取信於眾指作家或作品中人物的說服力、正確性、可信度，讀者會被他們的論點說服，在讀者心中他們值得信賴。為了達到取信於眾的目的，作者會根據受眾選擇合適的詞彙、語法、句式和語體風格，使自己的觀點看起來公正、公允。政治家在演講時也常用到取信於眾。例如：“I will build new partnerships to defeat the threats of the 21st century: terrorism and nuclear proliferation; poverty and genocide; climate change and disease. And I will restore our moral standing, so that America is once again that last, best hope for all who are called to the cause of freedom, who long for lives of peace, and who yearn for a better future.”

【Logos】 曉之以理是一種文學手法，指通過理性或邏輯的陳述來說服目標受眾。曉之以理常引用事實、統計等客觀證據，將內在思想以邏輯的方式呈現出來，說服受眾。和情感相比，客觀證據往往更加有力，更難反駁。例如：“In the end the Party would announce that two and two made five, and you would have to believe it. It was inevitable that they should make that claim sooner or later: the logic of their position demanded it. Not merely the validity of experience, but the very existence of external reality, was tacitly denied by their philosophy.” 一般來說，曉之以理可分歸納推理和演繹推理兩種。在新聞寫作和非虛構創意寫作中，曉之以理是最為重要的手法。

【Paradox】 文學中的悖論是指將相互矛盾的概念或觀點放在一起產生更加豐富的意義，引發讀者更加深入的思考。悖論表面上看來邏輯矛盾、荒誕不經，但卻可以得到合情合理的解讀。悖論深層次的意義和價值並不是直接顯現出來的，但是當它具體化的時候，可以讓讀者獲得驚人的認識與理解。“The Child is father of the Man” 及 “The truest poetry is the most feigning” 都是悖論的典型例子。

【Pathos】 在現代文學批評裏，感傷指有意設計出來的，使讀者產生心軟、憐憫、同情、悲歎等感情的情景或文字。感傷是説服論證的重要工具。在作品中引入感傷，與讀者建立情感聯繫，可以有效地打動以至説服讀者。此外，感傷也是現實生活的一部分。在作品中表現出悲愴的感情，可以使作品內容更貼近現實生活，幫讀者更好地理解作品，留下更深的印象。幾乎所有的文學作品中都會用到感傷。文學上最著名的感傷段落並不是對痛苦的細緻描寫，而是以含蓄、暗示的表現手法來達到悲傷的效果。例如：Shakespeare 在《King Lear》中 "Pray, do not mock me: I am a very foolish fond old man..." 再如：William Wordsworth 在《Michael, a Pastoral Poem》一詩裏描述老父親失去兒子的悲傷時 "That many and many a day he thither went, / And never lifted up a single stone."

適用本書的 IBDP 學科列表

第一學科組　語言與文學研究

課程	程度	是否適用本書
語言 A：文學	高級	√
	普通	√
語言 A：語言與文學	高級	√
	普通	√
文學與表演藝術（跨學科課程）	普通	√

第二學科組　語言習得

課程	程度	是否適用本書
語言 B	高級	√
	普通	

第六學科組　藝術學科

課程	程度	是否適用本書
電影	高級	√
	普通	√
戲劇	高級	√
	普通	√
視覺藝術	高級	√
	普通	√
文學與表演藝術（跨學科課程）	普通	√

註：對於銜接 IBDP 語言 A 課程的 MYP 語言與文學課程的師生，本書同樣適用。

IBDP 中文 A 課程
高頻重點術語及關鍵詞列表

常見主題類別

打工生涯	北漂歲月	鄉村留守	城市空巢	城鄉差距
身份認同	自我實現	夢想征程	心靈叩問	旅途沉思	成長心聲
故鄉情懷	理想與現實			
人情冷暖	百姓傳奇	生命詠歎	教育公平	新風舊俗	時光故事
代溝隔閡	城市書寫			
文化流失	女性權益	歷史回望	親情感懷	

註："常見主題類別"根據 IBDP 中文 A：文學課程（1996—2018 年）/ 中文 A：語言與文學課程（2013—2018 年）試卷 1 真題整理歸納。

主題高頻詞彙

人性	人格	心理	秉性	自我	覺醒	成長	命運	宿命	孤獨	慾望
自由	生存	理想	價值	使命	家庭	婚姻	愛情	親情	友情	倫理
道德									
變遷	抗爭	衝突	異化	復仇	溝通	痛苦	苦難	困境	罪惡	死亡
發展	尋找	偏見							

註："主題高頻詞彙"根據 IBDP 中文 A：文學課程（1996—2018 年）/ 中文 A：語言與文學課程（2013—2018 年）試卷 2 真題整理歸納。

文學技巧高頻詞彙

人物	情節	環境	題材	體裁	選材			
素材	虛構	立意	構思	典型	性格			
結構	線索	高潮	懸念	伏筆	插曲	突轉	節奏	剪裁	細節
場景	場面	舞台	道具	戲劇性				
象徵	意象	意境	敘述	抒情	修辭	通感	比喻	隱喻	擬人
誇張	排比	虛實	對比	對照	襯托	想象	聯想	渲染	移情
視角								
語氣	風格	辭藻	獨白	諷刺	幽默	潛台詞		
氛圍	情趣	靈感	真實	審美	鑒賞	共鳴	領悟	典型性
概念化								

註："文學技巧高頻詞彙"根據 IBDP 中文 A：文學課程（1996—2018 年）/ 中文 A：
語言與文學課程（2013—2018 年）試卷 1 和試卷 2 真題整理歸納。

文學評論常用動詞

推進	推動	凝聚	鼓勵	激勵	鞭策	啟發	啟示	啟迪	歌頌
讚美	頌揚	領會	領受	感受	呼籲	提倡	號召		

揭露	暴露	影射	駁斥	批判	嘲諷	鞭撻	控訴	質疑	批評

表現	呈現	展現	再現	體現	隱現	描寫	描繪	描摹	描述
刻畫	形容	表達	表明	傳達	傳遞	交代	講述	透露	吐露
揭示	顯示	預示	反映	闡發	闡明	闡述	彰顯	敘述	說明
抒發	討論	探討	探究	記錄	解說	勾勒	勾畫	捕捉	渲染
烘托	串聯	挖掘	賦予	濃縮	蘊含	參照	補充	引導	引領
引申	引發	引出	鋪墊	總結	形成	歸納	產生	代表	見證
勾起	喚醒	提醒	警醒	警示	標誌	運用	利用	善用	藉助
注重	轉換	加強	深化	強化	增添	滲透	注入	暗示	暗指
隱喻	折射	透射	反射	截取	選取	概括	提煉	選擇	塑造
孕育	包含	營造	建構	承載	創造	改變	顛覆	重塑	改寫
突破	理解	突顯	導致	影響	浸染	觀察	反思	分享	介紹
安排	設計	強調	重申	倡導	指向	直指	給予	鎖定	聚焦
瞄準	關注	涵蓋	囊括	拓展	延伸	延續	拉長	拉近	演繹
增加	融合	互補	協調	彙集	編排	發揮	呼應	回應	吸引
調動	貼近	肯定	認同	否定	否認	懷疑	推翻		

參考資料列表

1. 《現代漢語詞典》第 6 版，中國社會科學院語言研究所詞典編輯室編，商務印書館，2012 年。

2. 《中國百科大辭典‧文學卷》，《中國百科大辭典》編委會編，中國大百科全書出版社，2005 年。

3. 《中國百科大辭典‧藝術卷》，《中國百科大辭典》編委會編，中國大百科全書出版社，2005 年。

4. 《文藝創作知識辭典》，王慶生主編，長江文藝出版社，1987 年。

5. 《中國文學大辭典》，錢仲聯等總主編，上海辭書出版社，1997 年。

6. 《宣傳輿論學大辭典》，劉建明主編，經濟日報出版社，1992 年。

7. 《外國現代派文學辭典》，趙樂甡主編，吉林文史出版社，1990 年。

8. 《中學辭海‧語文》，張厚感主編，知識出版社，1995 年。

9. 《文學理論批評術語彙釋》，王先霈、王又平主編，高等教育出版社，2006 年。

10. 《牛津英國文學詞典》第 6 版，〔英〕德拉布爾（Drabble, M.）編，外語教學與研究出版社，2005 年。

11. 《文學術語詞典（中英對照）》第 7 版，〔美〕M. H. 艾布拉姆斯（Meyer Howard Abrams）著，吳松江等編譯，北京大學出版社，2009 年。

12. 《牛津文學術語詞典》，〔英〕波爾蒂克（Baldick, C.）編，上海外語教育出版社，2000 年。

13. 《英美文學研究論叢（第 18 輯）》，李維屏主編，上海外語教育出版社，2013 年。

14. literary-devices.com

15. examples.yourdictionary.com

16. en.wikipedia.org

17. literarydevices.net

18. literarydevices.com

19. literaryterms.net